爱阅读课程化丛书/快乐读书吧

非洲民间故事

立 人／主编

老人的智慧

无障碍精读版
课外阅读佳作，爱阅读课程化丛书

分级阅读点拨·重点精批详注·名师全程助读·扫清阅读障碍

民主与建设出版社

·北京·

© 民主与建设出版社，2019

图书在版编目（CIP）数据

非洲民间故事 / 立人主编 . —北京：民主与建设
出版社，2019.7（2025.5 重印）
ISBN 978-7-5139-2538-9

Ⅰ.①非… Ⅱ.①立… Ⅲ.①民间故事－作品集－非
洲 Ⅳ.① I407.3

中国版本图书馆 CIP 数据核字（2019）第 134327 号

非洲民间故事
FEIZHOU MINJIAN GUSHI

出 版 人	李声笑
主 编	立 人
责任编辑	刘树民
封面设计	张 珺
出版发行	民主与建设出版社有限责任公司
电 话	（010）59417747 59419778
社 址	北京市海淀区西三环中路 10 号望海楼 E 座 7 层
邮 编	100142
印 刷	三河市祥宏印务有限公司
版 次	2019 年 8 月第 1 版
印 次	2025 年 5 月第 6 次印刷
开 本	165 毫米 × 235 毫米 1/16
印 张	16 印张 彩插 0.375 印张
字 数	240 千字
书 号	ISBN 978-7-5139-2538-9
定 价	24.80 元

注：如有印、装质量问题，请与出版社联系。

丈母娘和她的女婿

| 总序 |

　　北京书香文雅图书文化有限公司的李继勇先生与我联系，说他们策划了一套"爱阅读"丛书，读者对象主要是中小学生，这套书可以作为学生的课外阅读用书，希望我写篇序。作为一名语文教育工作者，为学生推荐优秀课外读物责无旁贷，在最近"双减"政策的大背景下，也更有意义。

一、"双减"以后怎么办？

　　前不久，中共中央办公厅、国务院办公厅印发了《关于进一步减轻义务教育阶段学生作业负担和校外培训负担的意见》，对义务教育阶段学生的作业和校外培训作出严格规定。这是一件好事。曾几何时，我们的中小学生作业负担重，不少孩子不是在各种各样的培训班里，就是在去培训班的路上。孩子们"学"无宁日，备尝艰辛；家长们焦虑不安，苦不堪言。校外培训机构为了增强吸引力，到处挖墙脚；有些老师受利益驱使，不能安心从教。他们的行为破坏了教育生态，违背了教育规律，严重影响了我国教育改革发展。教育是什么？教育是唤醒，是点燃，是激发。而校外培训的噱头仅仅是提高考试成绩，让孩子在中高考中占得先机。他们的广告词是"提高一分，干掉千人"，他们大肆渲染"分数为王"。在这种压力之下，孩子们面对的是"分萧萧兮题海寒"，他们不得不深陷题海，机械刷题。假如只有一部分孩子上培训班，提高的可能是分数。但是，如果大多数孩子或者所有孩子都去上培训班，那提高的就不是分数，而只是分数线。教育的根本任务是立德树人，是培根铸魂，是启智增慧，是让学生德智体美劳全面发展，是培养社会主义建设者和接班人，是为中华民族伟大复兴提供人才，而不是培养只会考试的"机器"，更不能被资本绑架。所以中央才"出重拳""放实招"，目的就是要减轻学生过重的课业负担，减轻家长过重的经济和精神负担。

"双减"政策出台后，学生们一片欢呼，再也不用在各种培训班之间来回奔波了，但家长产生了新的焦虑：孩子学习成绩怎么办？而对学校老师来说，这是一个新挑战、新任务，当然也是新机遇。学生在校时间增加，要求老师提升教学水平，科学合理布置作业，同时开展课外延伸服务，事实上是老师陪伴学生的时间增加了。这部分在校时间怎么安排？如何让学生利用好课外时间？这一切考验着老师们的智慧，而开展各种课外活动正好可以解决这个难题，比如：热爱人文的，可以参加阅读写作、演讲辩论、学习传统文化和民风民俗等社团活动；喜爱数理的，可以参加科普科幻、实验研究、统计测量、天文观测等兴趣小组；也可以参加体育比赛、艺术（音乐、美术、书法、戏剧）体验和劳动教育等实践活动。当然，所有的活动都应以培养学生的兴趣爱好为目的，以自愿参加为前提。学校开展课后服务，可以多方面拓展资源，比如博物馆、图书馆、科技馆、陈列馆、少年宫、青少年活动中心，甚至校外培训机构的优质服务资源，还可组织征文比赛、志愿服务、社会调查等，助力学生全面发展。

二、课外阅读新机遇

近年来，"新课标""新教材""新高考"成为语文教育改革的热词。前不久，我看到一个视频，说语文在中高考中的地位提高了，难度也加大了。这种说法有一定道理，但并不准确。说它有一定道理，是因为语文能力主要指一个人的阅读和写作能力，而阅读和写作能力又是一个人综合素养的体现。语文能力强，有助于学习别的学科。比如：数学、物理中的应用题，如果阅读能力上不去，读不懂题干，便不能准确把握解题要领，也就没法准确答题；英语中的英译汉、汉译英题更是考查学生的语言表达能力；历史题和政治题往往是给一段材料，让学生去分析、判断，得出结论，并表述自己的观点或看法。从这点来说，语文在中高考中的地位提高有一定道理。说它不准确，有两个方面的理由：一是语文学科本来就重要，不是现在才变得重要，之所以产生这种错觉，是因为在应试教育的背景下，语文的重要性被弱化了；二是语文考试的难度并没有增加，增加的只是阅读思维的宽度和广度，考查的是阅读理解、信息筛选、应用写作、语言表达、批判性思维、辩证思维等关键能力。可以说，真正的素质教育必须重视语文，因为语文是工具，是基础。不少家长和教师认为课外阅读浪费学习时间，这主要是教育观念问题。他们之所以有这种想法，无非是认为考试才是最终目的，希望孩子可以把更多时间用在刷题上。他们只看到课标和教材的变化，以为考试还是过去那一套，其实，考试评价已发生深刻变革。目前，考试评价改革与新课标、新教材改革是同向同行的，都是围绕立德树人做文章。中共中央、国务院印发的《深化新时代教育评价改革总体方案》明确指出："稳步推进中高考改革，构建引导学生德智体美劳全面发展的考试内容体系，改变相对固化的试题形式，增强试题开放性，减少死记硬背和'机械刷题'现象。"显然就是要用中高考"指挥棒"引领素质教育。新高考招生录取强调"两依据，一参考"，即以高考成绩和高中学业水平考试成绩为依据，以综合素质评价为参考。这也就是说，高考成绩不再是高校选拔新生的唯一标准，不只看谁考的分数高，还要看谁更有发展潜力、更有创造性、综合素质更高，从而实现由"招分"向"招人"的转变。而这绝不是仅凭一张高考试卷能够区分出来的，"机械刷题"无助于全面发展，必须在课内学习的基础上，辅之以内容广泛的课外阅读，才能全面提高综合素养。

三、"爱阅读"助力成长

这套"爱阅读"丛书是为中小学生量身打造的，符合《义务教育语文课程标准》倡导的"好读书、读好书、读整本书"的课改理念，可以作为学生课内学习的有益补充。我一向认为，要学好语文，一要读好三本书，二要写好两篇文，三要养成四个好习惯。三本书指"有字之书""无字之书"和"心灵之书"，两篇文指"规矩文"和"放胆文"，四个好习惯指享受阅读的习惯、善于思考的习惯、乐于表达的习惯和自主学习的习惯。古人说"读万卷书，行万里路"，实际上就是要处理好读书与实践的关系。对于中小学生来说，读书首先是读好"有字之书"。"有字之书"，有课本，有课外自读课本，还有"爱阅读"这样的课外读物。读书时我们不能眉毛胡子一把抓，要区分不同的书，采取不同的读法。一般说来，有精读，有略读。精读需要字斟句酌，需要咬文嚼字，但费时费力。当然也不是所有的书都需要精读，可以根据自己的需要决定精读还是略读。新课标提倡中小学生进行整本书阅读，但是学生往往不能耐着性子读完一整本书。新课标提倡的整本书阅读，主要是针对过去的单篇教学来说的，并不是说每本书都要从头读到尾。教材设计的练习项目也是有弹性的、可选择的，不可能有统一的"阅读计划"。我的建议是，整本书阅读应把精读、略读与浏览结合起来。精读重在示范，略读重在博览，浏览略观大意即可，三者相辅相成，不宜偏于一隅。不仅如此，学生还可以把阅读与写作、读书与实践、课内与课外结合起来。整本书阅读重在掌握阅读方法，拓展阅读视野，培养读书兴趣，养成阅读习惯。

再说写好两篇文。学生读得多了，素养提高了，自然有话想说，有自己的观点和看法要发表。发表的形式可以是口头的，也可以是书面的，书面表达就是写作。写好两篇文，一篇"规矩文"，一篇"放胆文"。"规矩文"重打基础，"放胆文"更见才气。"规矩文"要求练好写作基本功，包括审题、立意、选材、构思等，同时还要掌握记叙文、议论文、说明文、应用文的基本要领和写作规范。"规矩文"的写作要在教师的指导下进行。

"放胆文"则鼓励学生放飞自我、大胆想象，各呈创意、各展所长，尤其是展现自己的应用写作能力、语言表达能力、批判性思维能力和辩证思维能力。"放胆文"的写作可以多种多样，除了写大作文，也可以写小作文。有兴趣的还可以进行文学创作，写诗歌、小说、散文、剧本等。

学习语文还要养成四个好习惯。第一，享受阅读的习惯。爱阅读非常重要。每个同学都应该有自己的个性化书单，有的同学喜欢网络小说也没有关系，但需要防止沉迷其中，钻进"死胡同"。这套"爱阅读"丛书，就给中小学生课外阅读提供了大量古今中外的名家名作。第二，善于思考的习惯。在这个大众创业、万众创新的时代，创新人才的标准，已不再是把已有的知识烂熟于心，而是能够独立思考，敢于质疑，能够自己去发现问题、提出问题和解决问题，需要具有探究质疑能力、独立思考能力、批判性思维和辩证思维能力。第三，乐于表达的习惯。表达的乐趣在于说或写的过程，这个过程比说得好、写得完美更重要。写作形式可以不拘一格，比如作文、日记、笔记、随笔、漫画等。第四，自主学习的习惯。我的地盘我做主，我的语文我做主。不是为老师学，也不是为父母长辈学，而是为自己的精神成长学，为自己的未来学。

愿广大中小学生能借助这套"爱阅读"丛书，真正爱上阅读，插上想象的翅膀，飞向未来的广阔天地！

2021 年 10 月 15 日

写于京东大运河畔之两不厌居

阅读准备

·作品速览·

《非洲民间故事》精选了49篇广泛流行于非洲十一个民族的口头传说故事。这些故事有着语言朴实、情节生动、幽默感强的特点，常常能够引发听者开怀大笑，使其在娱乐中受到启迪与教育。书中反映了非洲传统思想、伦理道德、衣食住行、风俗习惯等方面的风貌，为了解非洲地区社会、历史、文化、风俗等多方面情况提供了诸多有益资料。

·文学特色·

在斯瓦希里人的动物故事中，兔子是作为狡猾的角色出现的，它的聪明超过所有的动物。斯瓦希里人把故事中的兔子称作艾卜·努瓦斯。艾卜·努瓦斯是阿拉伯故事《一千零一夜》中阿巴德德哈里发何鲁纳·拉施德家中的诗人的名字。斯瓦希里人把机智的诗人艾卜·努瓦斯的故事，改编或狡辩的兔子的故事。由此，可以看出阿拉伯传说故事对斯瓦希里人的影响。

霍屯督人的故事大部分是动物故事。记录下这些故事的英国学者布雷克曾经把他的南非动物故事命名为《南非洲的列那狐》，

1

把南非各族故事比作欧洲诸民族间广泛流传的列那狐的故事。这一点并不是投有道理的。霍屯督人故事中的主人公狮子、胡狼、鬣狗及羊等，对这些角色，霍屯督人都有自己的近乎固定的看法，狮子、大象——愚笨、粗暴；胡狼、鬣狗——狡猾；兔子、龟——智慧、机敏……在他们的故事中，偶尔出现以人为主角的故事。但在这种故事中也会有动物登场，人与动物同生活、同思想，似乎仍是同类。例如有一个故事讲的是一个女人嫁给大象做妻子，人同动物是相像的。

祖鲁故事中登场的人物，同时也是说故事的人、故事的创造者。他们不仅这不清楚这世界是如何产生的，甚至还不知道怎样理解它。他们把无法理解、无法解释的现象说成是由于某种特殊力量的存在导致的，而这种特殊力量是经常同人在一起的。他们赋予动物、岩石、水和日常用品以灵性，什么都是活的，什么都存在作动，对这一切，人必须时刻加以提防。其中关于巫术和巫师的描写，是非洲以外的其他民族的故事中不多见的。祖鲁人无法理解生死现象，便想象世界上有另一个祖鲁人存在，而且至今还在用巫术来解释而死亡。

祖鲁人的民间故事不仅反映了一定的社会情况，而且反映了非洲大自然的景色，散发着浓郁的热带非洲的气息。例如，故事大多发生在德拉肯背脉山脉一带，因而故事中常常出现海岸、浪潮、树木繁茂的险山、流水湍急的瀑布。同时，他们的民间故事也反映了人类的斗争、瘟疫、河水泛滥淹没村落、冲走财物、卷走人畜。此外，蝗灾、旱灾的袭击，也给祖鲁人带来了灾难。他们的故事道出了他们的哲学观念：对自然要敬而远之，要帮助遇到困难的人。这就是祖鲁人的人道主义和博爱精神！

2

"作家生平"，走近作家，一睹作家风采；"创作背景"，了解作品创作的时代背景；"作品速览"，把握故事全貌、主题意蕴；"文学特色"，发掘作品深刻的文学价值，以增进理解，提高阅读效率。

阅读总结

读者感悟

当我合上《非洲民间故事》这本书时，我的心还没有办法完全从中抽离，因为里面的故事给我的感触太深了，它展现了非洲劳动人民的生活风貌，刻画了性格各异的人物和动物，让我在享受阅读乐趣的同时懂得了许多道理。

书中的小动物聪明伶俐，而那些看上去十分凶猛的动物却有勇无谋，常常被小动物戏弄。比如机智聪明的兔子，既能谋取狮子的皮毛，又能在大蟒嘴里救出豹子；既能报复贪心的鬣狗，又能借鹿角去喝泪。这些故事讽刺了那些蛮横、贪婪的人，人告诉我们做人不可以太贪心，智谋比蛮力更有用。

书中塑造了很多贪婪、狡诈的小人，他们最后都没有好下场。比如各啬的主人财主空；两个骗子阴友都被毒蛇咬死；刁蛮的文母被累死了；懒惰的青年全都被狮子吃掉了。他们种种恶行得恶果，也借此表达了坏人应该被惩罚的愿望。

239

真题演练

一、填空题

1.《红树枝和绿树枝》一文中，红树枝的作用是_____，绿树枝的作用是_____。

2.《埋藏在地里的金子》一文中，只有_____领悟了金子的真正含义。

3.《狡猾的豺狼》一文中，豺狼是被狮子吃了_____。

二、选择题

1.《骗子遇见骗子》一文中，两个骗子最后（ ）。

A.一个死了，一个很有钱 B.都中毒而亡 C.都饿死了

2.《懒姑娘的绫罗》一文中，多格别学做的传统食物阿卡萨的原料是（ ）。

A.面粉 B.大麦 C.玉米

3.《神奇的四兄弟》一文中，四兄弟后来变成（ ）。

A.缸子、盘子、辣椒和盐

B.缸子、勺子、辣椒和盐

C.盘子、勺子和糖

三、判断题

1.《不许带一粒微尘》一文中，埃塞俄比亚的皇帝不允许欧洲学者带走他们的考察结果。（ ）

241

"读者感悟"，看看别人怎么想；"阅读拓展"，帮你丰富文学知识，增强艺术感受力；"真题演练"，考查阅读本书后的效果，是对阅读成果的巩固和总结。习题具有一定的延伸性和扩展性，对于没有回答上来的问题，读者可以借此发现阅读上的不足，心中带着疑问，为下一次的精读做好准备。

曼丁之狮——松迪亚塔

名师导读

曼丁国的国王遇到了一位精通占卜的猎人。经猎人占卜显示，曼丁国未来的国王是个外貌丑陋但却能够带领曼丁走向富强的人。国王十分相信猎人的占卜，可出生后的王子并不优秀，甚至还是个不会走路的残疾人。占卜中的预言能实现吗？

1. 松克隆·凯珠的来历

曼丁国有一位国王叫作马甘·孔·法塔，他英俊潇洒，深谙治国安民之道，曼丁国的国民都敬重推崇他。①他有三位妻子，膝下有三位王子和三位公主。丹卡朗·图曼王子和娜娜·特里班公主是大王后萨苏玛·蓓蕾特所生；松迪亚塔王子、松克隆·珂珑康公主和松克隆·贾玛茹公主是松克隆·凯珠的孩子；而曼丁·波里王子是那曼姐的孩子。

三位妻子中，萨苏玛·蓓蕾特曾是国王唯一的妻子，她所生的丹卡朗·图曼王子则是国王的长子。②按照大王后的预想，长子应继承王位，成为国王，然后事

① 铺垫
人物介绍，为下文做铺垫。

② 设置悬念
调动读者的好奇心，引出下文。

5

名师导读
指引你快速知晓章节内容，提高阅读兴趣。

名师点评
名师妙语，见解独特，视角新颖。

尸体，是因为他们在临死前回到了桑咕噜河边，回到他们祖先死去的地方，那是一个人类不曾知晓的神秘的大象墓地。

这篇故事解释了大象们的迁徙习性，突出了大象们怀恋故土的情怀。通过故事中对大象的语言和动作描写，读者可以看到大象纯朴、坚强、热爱故土的勇士形象。

延伸思考

1. 人类为什么要侵入大象的王国？
2. 为什么大象在每年的雨季都会出现？

相关链接

这篇故事赋予了大象人性。在故事中，作者站在大象的角度，批判了作为侵略者的人类。对比人类的形象，故事中的大象更显勇敢、团结。

57

精华赏析
评点章节要旨，发人深省。

延伸思考
开拓思维，启迪智慧。

相关链接
在轻松阅读中开阔视野。

Contents

目录

1 | **阅读准备**

5 | 曼丁之狮——松迪亚塔

51 | 鳄鱼的眼泪

55 | 大象墓地

58 | 不许带一粒微尘

61 | 让人变疯的雨水

66 | 红树枝和绿树枝

73 | 埋藏在地里的金子

77 | 吝啬鬼和穷人

81 | 骗子遇见骗子

87 | 聋子和聋子打官司

89 | 愚蠢的老婆

93 | 兔子和野兽

98 | 聪明兔子的三个故事

107 | 性急的狗

110 | 兔子和鬣狗的友谊

114 | 狡猾的豺狼

118　"饥饿"的小绵羊

121　鬣狗的"坚持"

123　血造的孩子

126　酋长最心爱的女儿

130　兄弟俩喝水

134　披着狮毛的兔子

140　坏心眼的大蟒

142　狐狸和鬣狗的故事

146　开口毙命的乌龟

148　乌龟送信

150　索洛蒙和他的妻子

154　乌龟讨木槌

157　兔子的妙计

160　兔子的"角"

162　兔子当大王

165　兔子和珠鸡的故事

167　懒惰的后果

169　丈母娘和她的女婿

172　愚蠢的丈夫

175　脆弱的友谊

177　酋长的最后一位谋士

181　阿格邦的故事

186 | 第一次打雷

190 | 猫住在家里的原因

194 | 乌龟背有裂缝的原因

197 | 鹦鹉的故事

201 | 忘恩负义的后果

203 | 懒姑娘的蜕变

206 | 兔子的故事

209 | 违背诺言的后果

212 | 蜗牛为什么住在乡村

215 | 老人的智慧

224 | 神奇的四兄弟

239 | **阅读总结**

·作品速览·

　　《非洲民间故事》精选了49篇广泛流行于非洲十一个民族的口头传说故事。这些故事有着语言朴实、情节生动、幽默感强的特点，常常能够引发旁听者开怀大笑，使其在娱乐中受到启迪与教育。书中反映了非洲传统思想、伦理道德、衣食住行、风俗习惯等方面的风貌，为了解非洲地区社会、历史、文化、风俗等多方面情况提供了诸多有益资料。

·文学特色·

　　在斯瓦希里人的动物故事中，兔子是作为狡猾的角色出现的，它的聪明超过所有的动物。斯瓦希里人把故事中的兔子称作艾卜·努瓦斯。艾卜·努瓦斯是阿拉伯故事《一千零一夜》中阿巴希德哈里发何鲁纳·拉施德家中的诗人的名字。斯瓦希里人把机智的诗人艾卜·努瓦斯的故事，改编成狡猾的兔子的故事。由此，可以看出阿拉伯传说故事对斯瓦希里人故事的影响。

　　霍屯督人的故事大部分也是动物故事。记录下这些故事的英国学者布雷克曾经想把他的南非动物故事命名为《南非洲的列那狐》，把南非各族故事比作欧洲诸民族间广泛流传的列那狐的故事。这一点并不是没有道理的。霍屯督人故事中的主人公是狮子、胡狼、鬣狗及羊等，对这些角色，霍屯督人都有自己的近乎固定的看法：狮子、大象——愚笨、粗暴；胡狼、鬣狗——狡猾；兔子、龟——智慧、机敏……在他们的故事中，偶尔也出现以人为主角的故事。但在这种故事中也会有动物登场，人与动物同生活、同思想，似乎仍是同类。例如有一个故事讲的是一个女人嫁给大象做妻子，人同动物是相像的。

祖鲁人故事中登场的人物，同时也是说故事的人、故事的创造者。他们不仅说不清楚这世界是怎么回事，甚至还不知道怎样理解它。他们把无法理解、无法解释的现象说成是由于某种特殊力量的存在导致的，而这种特殊力量又是经常跟人在一起的。他们赋予动物、岩石、水和日常用品以灵性，什么都是活的，什么都在行动，对这一切，人必须时刻加以提防。其中关于巫术和巫师的描写，是非洲以外的其他民族的故事中不多见的。祖鲁人无法理解生死现象，便想象世界上有巫术存在，而且至今还在用巫术来解释死亡。

祖鲁人的民间故事不仅反映了一定的社会情况，而且反映了非洲大自然的景色，散发着浓郁的热带非洲的气息。例如，故事大多发生在德拉肯斯堡山脉一带，因而故事中常常出现海岸、浪潮、树木繁茂的险山、流水湍急的溪谷。同时，他们的民间故事也反映了人同自然的斗争，涨潮、河水泛滥淹没村落，冲走财物，卷走人畜。此外，蝗灾、荒年的发生，也给祖鲁人带来了灾难。他们的故事道出了他们的哲学观念：对自然要敬而远之，要帮助遇到困难的人。这就是祖鲁人的人道主义和博爱精神！

至今约鲁巴人还保存着为各种神灵建造的庙宇，每座庙宇的祭司都竭力颂扬自己的神，为他们编造神话故事。在他们关于雷的起源的神话中，出现了名为伊罗公的长着铁翅膀的神鸟形象。关于天地分离、月亮起源的故事，也都有神话的特点。他们的神话，不再是像布须曼人那样的原始神话，而是关于神和英雄的神话。

居住在黄金海岸的另一部族埃维人的口头创作，也是非常丰富多彩的，有诗歌、寓言、俗语、谚语、故事、神话等题材。埃维人的民间故事和寓言中的角色，也是奇禽异兽，实际上同样是寓意化了的人。他们的故事中最常见的角色是蜘蛛。

曼丁之狮——松迪亚塔

名师导读

　　曼丁国的国王遇到了一位精通占卜的猎人。经猎人占卜显示，曼丁国未来的国王是个外貌丑陋但却能够带领曼丁国走向富强的人。国王十分相信猎人的占卜，可出生后的王子并不优秀，甚至还是个不会走路的残疾人。占卜中的预言能实现吗？

1. 松克隆·凯珠的来历

　　曼丁国有一位国王叫作马甘·孔·法塔，他英俊潇洒，深谙治国安民之道，曼丁国的国民都敬重推崇他。

　　①他有三位妻子，膝下有三位王子和三位公主。丹卡朗·图曼王子和娜娜·特里班公主是大王后萨苏玛·蓓蕾特所生；松迪亚塔王子、松克隆·珂珑康公主和松克隆·贾玛茹公主是松克隆·凯珠的孩子；而曼丁·波里王子是那曼姐的孩子。

　　三位妻子中，萨苏玛·蓓蕾特曾是国王唯一的妻子，她所生的丹卡朗·图曼王子则是国王的长子。②按照大王后的预想，长子应继承王位，成为国王，然而事

❶铺垫

　　人物介绍，为下文做铺垫。

❷设置悬念

　　调动读者的好奇心，引出下文。

实却并非如此。

在丹卡朗·图曼王子八岁时，一位来自桑加朗的猎人因追猎一只母鹿来到了尼亚尼——曼丁国的都城。按照规矩，如果他在当地捕到了猎物，就应将猎物的一部分敬奉给当地的国王。

所以，他恭敬地用双手向国王奉上一条鹿腿，并说："尊敬的国王陛下，请您收下我敬奉给您的这条鹿腿。"

尼昂库曼·杜阿——国王的格里奥（相当于国王的顾问），接过猎人奉上的鹿腿，并称赞道：① "你很正直，我们国王和曼丁国国民欢迎你。"

❶ 语言描写
塑造了曼丁国国王与国民友善的形象。

国王也点头赞同，称赞猎人正直的品行。

格里奥知道，来自桑加朗的猎人都博学多识、聪颖过人，且懂得占卜之术。所以，他问道："你愿意为国王占卜一次吗？"

猎人当即答应了。但在开始前，他说："既然你们邀请了我为国王占卜，那么之后我说的话你们要全部相信。"

❷ 铺垫
猎人的手法老练，为下文做铺垫

他从衣服口袋中掏出十二枚贝壳进行占卜。② 国王和格里奥看着他老练、专业的手法和动作，认为他的占卜术一定非常可靠，就更加信任他了。

猎人结束占卜后，说道："世间的生命，就像是植物一样。从刚开始的一粒种子，到生根发芽，有的会成为参天大树，能够抵御狂风暴雨；而有的却长成了一株野草，只能被人践踏。不久后，有一位长相丑陋的孩子将成为曼丁国的国王，而曼丁国会在他的统领下走向繁荣。"

听了这段话，国王和格里奥都迷惑不解，格里奥请求说："猎人，你能不能说得更直白明晰些呢？"

猎人悠闲自得地说："国王陛下，曼丁国的王位继承人还没有出生，待他长大后将会坐上王位，并凭他的能力拓宽曼丁国的疆土，让曼丁国更加地富裕繁荣。"

国王听了这话，着急地问：① "那这个王位继承人到底是谁呢？"

猎人向尼亚尼的城门望去，说："马上将有两个猎人带着一位长相丑陋的年轻女子来到尼亚尼，国王您一定要迎娶这位姑娘，而您和这位姑娘的孩子将来会是一位伟大的国王。"

猎人说完后，收起他的贝壳，并向国王和格里奥告别，离开了尼亚尼。

② 国王十分相信这位猎人的占卜，并耐心等待着这位姑娘的到来。

时光流逝，终于有一天，有两位猎人和一位姑娘来到了尼亚尼。

国王对于他们的到来十分高兴，热情地迎接了他们。这两位猎人对国王说："尊敬的国王陛下，我们从

❶语言描写
国王迫不及待地询问，可见国王相信了猎人的占卜。

❷叙述
既说明了国王对猎人的话深信不疑，又说明国王十分看重国家的前途。

德沃国而来，是为了给您献上一位姑娘。"

那位姑娘站在两位猎人身后。国王只见她戴着面纱，虽然看不清脸，但是她佝偻着背，身材看起来跟男人一样。

❶过渡
承接上文，引出下文关于两位猎人的故事。

① 国王询问两位猎人有关这位姑娘的事，两位猎人将事情的始末娓娓道来。

两位猎人因猎杀猎物而到达德沃国。

当时德沃国有一头水牛，这头水牛凶猛有力，每日都有百姓和庄稼因其而遭殃。于是，德沃国国王下令，如果有谁能够为民除害，杀掉这头水牛，国王就将德沃国最美的姑娘许配给这位英雄。可纵使如此，许多前来猎杀水牛的人看到它皮糙肉厚的样子都知难而退了。

两位猎人知道这件事后，下定决心猎杀水牛。在追赶水牛时，他们意外碰到了一位老妇人。老妇人瘦骨嶙峋，对两位猎人哭着说："拜托你们，请施舍一点吃的给我吧！"

两位猎人心疼老妇人，于是停止追捕水牛，把他们随身携带的一些食物给了老妇人。

❷语言描写
表现出人物知恩图报的品格。

老妇人拿着食物大快朵颐，一边吃一边说：② "感谢你们，让我来报答你们吧。"

待她吞咽完，擦了擦嘴角后说："你们一定是去猎杀那头水牛的吧！其实我就是那头水牛。之前那么多人之所以无法杀掉我，是因为我的真身根本不在德沃国，而是在乌朗汤巴平原。你们要是想成功杀掉我，只有到那里去杀掉我的真身才行。"

两位猎人感觉很诧异，于是询问道："你为什么要到德沃国来祸害人民和庄稼呢？"

老妇人回答："我曾经是德沃国的王子，是当今德沃国国王的亲兄弟。但是他却因为私心抢走了属于我的财产，我非常生气，所以便化身成水牛来报复他。"

随即她又说："现在我已经报仇了，你们可以将我杀死后去领取国王的奖赏。"

① 于是，两位猎人询问："那我们要怎样才能将你杀死呢？"

老妇人拿出了一个纺锤和一个鸡蛋，说道："这两件物品可以帮助你们。到了乌朗汤巴平原，纺锤可以帮助你们瞄准我。你们射中我之后，这种程度的力量不会将我立刻杀死，我的真身还会继续与你们对抗。所以，你们要将鸡蛋扔到我的真身的后面，这样我身后的土地就会变为沼泽地，而我的真身在沼泽地中无法自如移动，你们就能杀死我了。为了向国王邀功，你们要将我的真身的尾巴割下来献给他，这样你们就能领取奖赏了。"

两位猎人觉得胜利在望，很开心。

老妇人继续说道："不过，你们要答应我一个条件。国王给出的奖赏是将德沃国最美丽的姑娘给你们，

❶语言描写
直接引出读者的疑问，从而引出下文。

9

但是你们不能接受这位最美丽的姑娘，而是要选一位德沃国长得最丑的姑娘。这位姑娘是我的化身，在不久的将来会成为曼丁国的王后。"

两位猎人感到疑惑，问道："我们如何辨认出这位姑娘呢？"

❶语言描写
借老妇人的话刻画人物的外在形象。

①老妇人回答："她的身材像男人一样强壮，佝偻着背，眼睛从眼眶中凸起。"

两位猎人听完后答应了老妇人提出的要求，并且拿着纺锤和鸡蛋前往乌朗汤巴平原。到了平原之后，他们如愿杀死了水牛，并按照老妇人所说，割下水牛的尾巴带回了德沃国，将它献给了德沃国的国王。

听闻水牛被杀死，德沃国的全体国民都非常开心。

❷语言描写
表现出两位猎人信守承诺的品格。

国王也十分高兴，并且依照自己之前的承诺，准备将国内最美的姑娘送给两位猎人。②但是，两位猎人按照老妇人的要求，说："尊敬的国王，能否让我们自己挑选一位姑娘？"

国王同意了他们的请求，并让德沃国的姑娘们都会集到都城，好让两位猎人挑选。

两位猎人经过不停地筛选，终于找到了老妇人描述的那位姑娘。两位猎人询问后，了解到这位姑娘的名字叫作松克隆·凯珠。

国王和国民们对于两位猎人的选择非常吃惊，不敢相信他们会选择这样一位外表丑陋的姑娘，甚至还嘲笑两位猎人是疯子。

但是两位猎人依旧坚持自己的选择，并带着松克隆·凯珠踏上了前往曼丁国的旅程。

① 听完了整个故事，曼丁国国王马甘·孔·法塔欣喜万分，他坚信是神将松克隆·凯珠赠送给曼丁国的。

于是，曼丁国国王举办了盛大的婚礼来迎娶松克隆·凯珠，从此，他们过上了幸福的生活。

2. 松迪亚塔的诞生

婚礼过后不久，松克隆·凯珠就怀上了国王的孩子。② 而大王后萨苏玛·蓓蕾特对桑加朗猎人的话耿耿于怀，如果松克隆肚子里的孩子将会成为曼丁国今后的国王，那么她自己的孩子丹卡朗·图曼王子就无法依照她的愿望当上国王。另外，国王对松克隆·凯珠百般宠爱，赠予了她非常多的珍贵首饰、财宝与各色食物。因此，大王后嫉恨上了松克隆·凯珠。

大王后下定决心要杀死松克隆和她腹中的孩子。于是，她聘请了几位巫师，并让巫师用法术除掉松克隆。但是，曼丁国王宫的上空终日盘旋着三只猫头鹰，这三只猫头鹰能够保护松克隆不受巫术等邪术的伤害。所以，巫师们没有成功。

大王后无法伤害到松克隆，松克隆腹中的孩子也一天天平安长大，终于，到了松克隆临盆的这一天。③ 这

❶ 心理描写

两位猎人的故事让国王更加坚信松克隆·凯珠就是桑加朗猎人所说的那名女子，而他们的孩子将会是"伟大的国王"。这也证明了国王心系国家！

❷ 铺垫

指出大王后的顾虑，为下文大王后的行动做铺垫。

❸ 景象描写

孩子出生时天气离奇无常，说明孩子的不凡，并推动故事情节的发展。

天中午，天气变化骤急且无常，本来是晴空万里，但又突然雷电交加，紧接着下起了倾盆大雨，不久天气又突然转晴了。国王和臣民百思不得其解，就在这时，接生婆前来禀告国王："松克隆王后诞下了一位小王子！"

国王非常高兴，赶快叫格里奥将这个喜讯告诉国民。一传十，十传百，不足一天，松克隆王后诞下王子的消息就传遍了国内。国民欣喜若狂，举国同庆。

王子诞下之后的第八天，在他的取名礼上，国王给他取名为马里·迪亚塔。希望他能担负起国王对他的期望：今后继承王位，成为一名伟大的国王，带领曼丁国走向繁荣。国王也专门为他筹备了一场盛典，①人们敲着达姆鼓，弹着科拉琴，载歌载舞，庆祝小王子的诞生。

❶情景描写
体现出曼丁国淳朴、和谐的风气。

松克隆对这个孩子也十分宠爱，不停地轻唤孩子的名字，仿佛她已经看到了孩子登上王位后，指点江山的画面。

3. 松迪亚塔的成长

马里·迪亚塔一天天地长大了，但是，与大家设想的不同，他不仅相貌丑陋，还患有腿疾。

❷设置悬念
这位王子并不优秀，真能如占卜中所说的一样吗？

②他三岁时还只能用双手在地上勉强爬行，走路更是天方夜谭。他也不爱言谈，很少与别人说话，终日待在自己的房间里，不知在思考些什么。

他的母亲松克隆担心他，于是让一些同龄的孩子来与他一起玩耍。但他却完全不领情，不仅不和这些孩子一起玩耍，反而还常常将这些孩子揍哭，赶走他们。也正因如此，马里·迪亚塔从小就是一个人，没有任何朋友。

大王后见到他这样，非常得意。毕竟自己的孩子丹卡朗·图曼王子不仅优秀，还很英俊，从小读书、射箭，深受大家的喜爱与欣赏。

松克隆为此忧心忡忡，费尽心思四处寻医，想要治疗马里·迪亚塔的腿疾，但都徒劳无功。她实在是有些丧失信心了。

马里·迪亚塔的现状也让国王开始质疑他是否真的是猎人口中所说的那位"伟大的国王"，① 所以，国王决定让松克隆再生育一个儿子。

如他所愿，松克隆很快又怀孕了，但是，让国王失望的是这次松克隆诞下的却是一位小公主。他们为她取名为珂珑康。不仅如此，这位小公主还同松克隆和马里·迪亚塔一样丑陋，头大、眼凸，与松克隆非常相似。

国王感觉非常失望，开始怀疑猎人的占卜，也不再相信松克隆能为他生下那位"伟大的国王"。② 松克隆失宠了，国王迎娶了他的第三位王后，也就是那曼姐。那曼姐是来自曼丁国盟国的一位公主。

迎娶那曼姐后一年，那曼姐就诞下了一位王子，叫作曼丁·波里。国王将希望寄托在这位王子身上，但是

❶叙述

国王依旧坚信着占卜，又将希望寄托于下一个儿子。

❷叙述

既表现出国王对占卜产生怀疑，又表现出他迫切地想找到未来"伟大的国王"，让国家更加繁荣。

占卜的巫师却说，这位王子将是未来伟大国王的得力助手，而不是那位伟大的国王。

一次次的打击让国王失望透顶，格里奥看在眼里，对国王说："陛下，您要坚持自己的想法，相信那位猎人。"

国王稍加思索，决定听信格里奥的话，再次选择相信猎人的占卜。只是，他不再相信马里·迪亚塔是那位伟大的国王，而是寄希望于让松克隆再次诞下一位王子。

❶铺垫
是巧合，还是命中注定？为下文做铺垫。

① 然而，松克隆又生下了一位公主——贾玛茹公主，国王大失所望。

日子一天天过去，马里·迪亚塔王子七岁了，但是，他的腿疾依然让他无法行走。国王没有办法，他年纪已经非常大了，必须要确定自己的继承人，而松克隆又只生下了一位王子，所以，国王决定将自己的王位交由马里·迪亚塔继承。

一天，国王对马里·迪亚塔说："儿子，我感觉我将不久于人世。我在位的这段时间，没有辜负先祖们对我的期望，百姓安居乐业，国家繁荣富强。但是，我必须好好挑选我的继承人，这样，曼丁国才能持续繁荣。如果你真的是那位猎人口中的"伟大的国王"，一定要牢记，不管我们的国土如何扩张，尼亚尼永远都是曼丁国的都城。"

❷语言描写
表现出国王让马里·迪亚塔继承王位的决心。

国王停顿了一下，继续说道：② "曼丁国历年来的每一位王子都拥有属于自己的格里奥。尼昂库曼·杜阿就是我的格里奥，而现在，你即将继承王位，我将巴拉·法赛盖——杜阿的儿子赠予你，希望你们能够携手让曼丁国更加繁荣强大。"

马里·迪亚塔虽然不能将父亲的话完全理解透，但是却能从父亲的话语中感觉到自己背负着巨大的责任。

他并无多言，只是对巴拉·法赛盖说："今天开始，你法赛盖，就是我马里·迪亚塔的格里奥了。"

4. 松迪亚塔的觉醒

国王不久就去世了，按照国王的遗言，应由马里·迪亚塔继承王位。① 但是在国王去世之后，大王后萨苏玛·蓓蕾特违背国王的遗言，她控制了整个国家，并且让自己的儿子丹卡朗·图曼坐上王位。而松克隆和她的孩子们则被驱逐出宫，不得不在一所破旧的小房子里暂时居住。

不仅如此，萨苏玛·蓓蕾特还唆使百姓嘲弄马里·迪亚塔，以至于每天都有百姓到松克隆他们所居住的地方讽刺他们。

② "大家来看啊，王子居然在地上爬！"

"残疾人还妄想当国王，简直是癞蛤蟆想吃天鹅肉！"

……

❶叙述⋯⋯⋯⋯
　　塑造了大王后自私自利、谋权篡位的形象。同时，推动故事情节发展。

❷语言描写⋯⋯⋯
　　刻画了百姓愚昧无知、落井下石的形象。

松克隆看着大家嘲笑自己的儿子，又想到自己儿子受的委屈，感到既愤怒又伤心，但她却什么都做不了。

为了自己和三个孩子能活下去，松克隆在破房子后面开垦了一片菜园，靠着种菜来维持生计。

一天，正在做饭的松克隆发现家里做饭的作料没有了，实在没有办法的她只好去请求萨苏玛·蓓蕾特，让她给自己一些猴面包树叶。萨苏玛·蓓蕾特看见松克隆对自己低声下气的，非常得意地说：<u>①"猴面包树叶我多的是，你如果要的话，我就给你吧！唉，我听大家说你的孩子还是不能走路啊，真可怜，你要照顾他一辈子咯！"</u>她边说边将几片猴面包树叶扔给松克隆，"给你吧！看你怪可怜的。"

❶语言描写
人物语言中满是嘲讽和幸灾乐祸。

就算是被萨苏玛·蓓蕾特这样羞辱，松克隆也不敢对她发火，只能默默收好猴面包树叶回家。一到家，她就看到马里·迪亚塔无忧无虑地瘫坐在地上。她实在是无法忍受这种生活了，压抑已久的感情终于爆发。她拿起放在门口的木棍就挥向马里·迪亚塔，边打边流泪地说：<u>②"孽子！你为什么还不会走路！要不是你，我怎么会是今天这个样子！"</u>

❷语言描写
表现出人物内心的委屈和愤怒。

马里·迪亚塔感到非常奇怪，他制止住母亲，抢过她手里的木棍，问："母亲，发生什么事了吗？"

松克隆泪如泉涌，向儿子述说了自己今天受到的耻辱。马里·迪亚塔愤怒不已，下定决心说："我一定要站起来走路！"他对自己的格里奥法赛盖说：① "你帮我找城内最好的铁匠，请他帮我打造一根最坚硬的铁棍。为了让母亲高兴，我一定要搬一整棵猴面包树到我们的院子里来！"

松克隆吃惊地看着儿子，她第一次看到儿子如此坚决。

法赛盖依照他的吩咐，不一会儿就带着六个人把一根粗壮无比的铁棍扛到家里。他们将铁棍放在地上时发出的巨大响声引起了邻居们的注意和好奇，他们聚集到松克隆家，张望着，想知道发生了什么事。

马里·迪亚塔的格里奥鼓励他说："请您站起来吧！您是曼丁国的狮子，请让所有人都知道，您才是这个国家真正的王！"

马里·迪亚塔听此，双膝跪地，用双手握住那根铁棍，接着他双手用力，尽自己的力量将手不断地向铁棍上方移动，而他的身体也跟随着手臂不断上升。随着他的一声吼叫，他成功站起来了！刚开始有些不太适应，所以他不断调整自己的身体，随着越来越熟练，他马上就能稳定地站立了。他缓慢地松开铁棍，开始试着走路，一步、两步、三步、四步……他越走越好，越走越快，渐渐地，他也能跑能跳了！

在场的所有人都被他们看到的场景惊呆了。

② 马里·迪亚塔非常兴奋，于是，他不顾众人的目

❶语言描写 ········
表现出人物强烈的自尊心。

❷动作描写 ········
人物的能力已经超越正常人，赋予了人物神话色彩。

光，跑到城外的一棵猴面包树前，用双臂环抱这棵大树，用尽全力将这棵猴面包树连根拔起，带回了家。

回到家后，他汗如雨下，但还是开心地说："母亲，我帮您把猴面包树搬到家里来了！"

松克隆看着儿子，感到非常骄傲。

①自从马里·迪亚塔第一次能走路之后，他的身材越来越健硕，性格也越来越外向，与他接触的同龄人都非常欣赏和喜爱他，甚至是一些别的国家的王子也频繁地找他玩耍。松克隆见此非常高兴，也非常欢迎这些来客，常常讲述一些故事给他们听。所以，这所破房子如今经常传来阵阵笑声，而不再是以前的叹气声了。

松克隆和法赛盖不断教导马里·迪亚塔，使得他很快掌握了一些以前不曾知道的人情世故和生活常识，并且逐渐知道了曼丁国这个国家的历史。慢慢地，马里·迪亚塔变得越来越知识渊博。

马林凯语是尼亚尼当地的语言，这种语言的语速非常快，平时人们在叫马里·迪亚塔时，也会叫他"松克隆·迪亚塔"。慢慢地，人们对他的称呼就变成了"松迪亚塔"。

松迪亚塔在十岁的时候，开始展现出他过人的勇气和能力。就算是和十个同龄人打斗，他也能取胜。另外，他也展现出了非凡的领导力，让人们信服，逐渐显露出王者风范。

❶铺垫
迪亚塔王子越来越优秀，为下文做铺垫。

✎读书笔记

丹卡朗·图曼继承王位之后，最小的王子曼丁·波里和松迪亚塔逐渐成为非常好的朋友。而松迪亚塔的格里奥法赛盖则永远默默跟在他们身后，尽心尽责地守护他们，帮助他们。

①萨苏玛·蓓蕾特对于松迪亚塔的变化感到非常焦虑，她害怕自己和儿子的地位与权力被松迪亚塔夺走。于是，她召集了九个拥有最强法力的巫师，命令她们除掉松迪亚塔。

刚开始，有的巫师不赞成她的计划，说："太后，有因必有果。如果我们和松迪亚塔没有仇，却又杀了他，神一定会惩罚我们的。"

但是太后完全听不进去，她非常生气地说："松迪亚塔将会毁了曼丁国，他是我们曼丁国所有人的仇人！"

②但是，巫师们仍然不太相信萨苏玛·蓓蕾特的说法。

为了让巫师们完全相信自己，萨苏玛·蓓蕾特说："你们九个人明天去松克隆家的菜园里面，佯装要偷他们的菜。松迪亚塔发现之后，一定会因愤怒而打你们。这样，你们就能够用巫术除掉他了。"

松迪亚塔完全不知道自己将会面临什么。第二天，他和平常一样，同他的朋友们外出打猎。并且他们这天的收获很不错，带回来了十头大象。

❶心理活动
表现出太后因松迪亚塔的变化而产生了危机感，也为后文塑造太后狠毒、善妒的形象做铺垫。

❷铺垫
表现出了巫师正直的品德，为下文巫师背叛太后做铺垫。

回家后，松迪亚塔顺路检查母亲的菜园时，刚好碰到这九个巫师在自家的菜园里偷菜。看到松迪亚塔，巫师们佯装要跑时，松迪亚塔却拦住她们说：^①"你们想要蔬菜的话没有关系，请拿一些带回家吧！"

❶语言描写

表现出人物善良、大方的品格。

松迪亚塔喊了几个伙伴帮忙一起摘了菜园的蔬菜，给巫师们带走。

巫师们看着松迪亚塔的举动，感觉非常羞愧，于是，她们决定告诉松迪亚塔实情："实际上，我们不是来偷菜的，而是被太后派来用巫术除掉你的。但是你不用担心，你对我们这么好，我们不会让你受到伤害的。"

巫师们感到很抱歉，想得到松迪亚塔的原谅。但是，^②松迪亚塔却毫不在意，笑着说："没关系！"而且，他还将刚刚自己与朋友们打猎来的十头大象分给了巫师，他自己只留了一头。

❷语言描写

表现出人物宽广的胸襟。

巫师们觉得松迪亚塔又善良又大方，非常感动，都下定决心要永远守护松迪亚塔。

5. 松迪亚塔的流浪

不久，曼丁·波里王子的母亲去世，他成了孤儿。^③松克隆很喜爱这个孩子，于是便收养了他。现在，家里就有四个孩子了，松克隆下定决心要保护四个孩子的安危。然而，她清楚地知道萨苏玛·蓓蕾特太后在上次失败之后，并不会就此停止，她一定会再次想办法危害

❸叙述

表现出人物十分善良、富有同情心。

她孩子的性命。于是，她为了全家的安全，经过几番纠结，终于下定决心要举家离开曼丁国。

她对孩子们说："太后一定不会善罢甘休的。我们要保护自己，就只能离开曼丁国。"四个孩子都认同母亲的想法，并且表示支持。

但是与此同时，松迪亚塔和现任国王丹卡朗·图曼之间的冲突也愈发激烈。

丹卡朗·图曼一直认为最优秀的格里奥是法赛盖，并且他对于老国王把法赛盖送给松迪亚塔怀恨在心。他认为，有了法赛盖的守护和帮助，松迪亚塔随时可能篡位。所以，他下定决心一定要将松迪亚塔和法赛盖拆散。

于是，丹卡朗·图曼趁松迪亚塔还不知情，下令让法赛盖作为使者立即前往索索国，拜访索索国的国王苏毛罗·康坦，并表达善意。

直到傍晚松迪亚塔打猎回家后，才听闻此事。他感到无比愤怒，直接冲进王宫，与丹卡朗·图曼对峙：① "父王将法赛盖赠予了我！你不能抢走他！"

丹卡朗·图曼幸灾乐祸地说："我是国王，你们所有人都要听我的号令。就算是你的格里奥又怎样，我想让他做什么他就必须要做什么！"

松迪亚塔明白了国王对自己的敌意，愤怒地说："不管法赛盖在哪里，他永远都是我的格里奥。就算你是国王，对此也无能为力！我即将离开曼丁国，但在不

读书笔记

❶语言描写
　　表现出人物耿直、急躁的一面。

久的将来，我一定会回到这片土地，带着属于我的荣誉和骄傲！"

于是，松克隆和孩子们背井离乡，辗转了许多个地方，吃尽了苦头。

① 日子一天天过去，转眼他们已经离开七年了。松迪亚塔在外漂泊了这么久，经历了各种磨炼后变得愈发强大。

一次偶然的机会，松克隆和四个孩子被捷德巴城的国王收留在王宫。捷德巴城的国王名叫曼萨·孔孔，是一个法术高明的巫师。他生性多疑，即使收留了松克隆一行人两个多月，却还是始终怀疑他们的意图，所以也从来没有召见过他们一家人。

一天，捷德巴城的公主和曼丁·波里说："我的父亲十分聪明，很擅长瓦里（一种棋类游戏）。"

曼丁·波里回答："我的哥哥是我见过的所有人中最聪明的一个，他也非常会玩瓦里。"

② 松迪亚塔看到后，上前问弟弟："你是不是爱上了这位公主？"

弟弟笑着回答："是的，哥哥。"

松迪亚塔为他感到十分高兴。

第二天，松迪亚塔突然收到了曼萨·孔孔国王的邀请，让他到国王的宫殿做客。松迪亚塔感觉有些异常，于是便告诫自己不能放松警惕。

到了国王的宫殿后，国王看见他便直接说："我们两个人玩一盘瓦里，假若你输给了我，我就会杀掉你。"

松迪亚塔并没有被国王吓到，而是问："那如果我赢了呢？"

国王回答：① "那几乎是不可能的。不过，你若是赢了我，我就能答应你一个条件。"

❶语言描写
表现出了国王的傲慢自大。

松迪亚塔看了看整个宫殿，目光锁定到了一把宝刀上。他对国王说："我要是赢了你，你就将这把宝刀赠送给我。"

国王答应了他的要求。

两人随即开始下棋。没想到的是，松迪亚塔居然赢了国王，国王感到非常震惊，询问："你怎么可能赢我？"

松迪亚塔笑着回答说："我们一行人到达捷德巴城两个多月了，您从来没有召见过我们，今天却一反常态将我召进宫。所以我早就留有戒心，与您下棋时也十分谨慎。"

国王非常欣赏他，说道："其实，曼丁国的太后萨苏玛·蓓蕾特和我说，如果我能除掉你，将会给我大量的珠宝。"

松迪亚塔问道："那您准备怎么办呢？"

国王回答：② "我不杀你，但宝刀也不会给你。你们走吧！离开这里。"

❷语言描写
说明国王看重松迪亚塔，不愿为珠宝而杀了松迪亚塔。

松迪亚塔正色道："不管怎样，感谢您对我们一家人的照顾。我马上带着我的家人离开，但是我一定会回来的！"

于是，松迪亚塔一家人便离开了捷德巴城，继续漂泊。又过了一段时间，他们一家人到达了太蓬国。

虽然太蓬国与曼丁国一直都交好，松迪亚塔还与太蓬国的王子有私交，但是收留松迪亚塔一行人定然会引起曼丁国国王和太后的反感。[①] 于是，太蓬国国王和他们说："你们在这里短暂歇息，休整一下之后，还是去瓦加杜王国吧。"

虽然只在太蓬国短暂地停留了一段时间，但是松迪亚塔还是同小时候一样常常与法朗·卡马拉王子一起玩耍。

后来，太蓬国的一个商队将要去瓦加杜王国，松迪亚塔一行人也同行。临走前，松迪亚塔对法朗·卡马拉王子说："我的好朋友，我一定会回来找你的，到时候你同我一起去曼丁国。"

法朗·卡马拉王子回答说："好的，待我长大后，我一定带领我们太蓬国的战士辅佐你，让你夺回本属于你的王位。"

松迪亚塔对此非常感动，说："好！到时候你我合力，扩展疆土，我们一起让国家变得更加强大，创建最厉害的帝国。"

❶语言描写
太蓬国的国王不愿收留松迪亚塔，间接说明了曼丁国的强大让他忌惮。

读书笔记

告别之后，松迪亚塔一行人同商队一起前往瓦加杜王国。

瓦加杜王国的天气非常炎热，而且这里水资源很稀缺，整个王国的气候十分干燥。瓦加杜王国的国力虽比不上从前，但是国王苏巴马·西塞还是友好地欢迎了松迪亚塔一行人，给了他们很高的待遇。松克隆被当作王后对待，而松迪亚塔和曼丁·波里则和王子是同样的待遇。他们的衣着吃食，都非常精致华贵。

对于这种待遇，松迪亚塔不卑不亢，坦然处之，就像一个真正的国王一样。服侍他的仆人们感到非常信服。

西塞国王也对他赞不绝口，私底下说松迪亚塔天生就应当做国王。

一年之后，松克隆因为瓦加杜王国干燥的天气而病倒了。① 西塞国王即对松迪亚塔说，他们应去往水土养人的麦马国。

❶叙述
引出主人公接下来的经历，这也是主人公的成长历程。

西塞国王的表哥是麦马国的国王，他叫慕沙·东卡拉。西塞国王还专门写了一封信拜托表哥要照顾好这一行人。

于是，松迪亚塔一行人和瓦加杜的一支商队一起前往麦马国。在路途中，商人们对松迪亚塔一家人百般照顾，并且松迪亚塔从这些经验丰富的商人口中学习到了很多新知识。

即将到达麦马国时，商队派人先行到达，给国王报信。所以松迪亚塔一行人到达麦马国时，就看到了麦马国的仪仗队在城门口迎接他们。

读完西塞国王的信后，东卡拉国王热情地接待了松迪亚塔一行人，说：① "请将这里当作你们自己的家，不要拘谨和约束，你们想住多久都可以。"

② 东卡拉国王没有子孙，于是，他将松迪亚塔当作自己的儿子，出征时也经常带着他。因为这些经历，松迪亚塔在十五岁的时候，就变得有勇有谋、善于战斗，令东卡拉国王的敌人都非常害怕。

❶语言描写
表现出国王受人之托，热情地接待了松迪亚塔一行人。

❷侧面描写
从侧面衬托出主人公的才能。

东卡拉国王也感到非常自豪，下定决心要将松迪亚塔培养成为一名伟大的战士。所以不管他到哪儿征战，都会带着松迪亚塔一起。也正因如此，松迪亚塔成长得越来越强大，也越来越优秀。

三年之后，东卡拉国王任命松迪亚塔为副王。这个地位仅次于国王，如果国王不在城内，副王就能执掌任何国事。

❸铺垫
主人公已经具备了当国王的能力，为下文做铺垫。

日子一天天过去，松迪亚塔已经十八岁了。③ 他在东卡拉国王的栽培下，成长得卓尔不群。不仅体力惊人，而且很有头脑。麦马国的国民们都十分欣赏、敬重他，在他们心中，松迪亚塔就是下一任麦马国的国王。

6. 曼丁王国的劫难

松迪亚塔在麦马国期间，索索国攻占了曼丁国。

原来，当时曼丁国国王让法赛盖向索索国国王示好，但是索索国的国王苏毛罗·康坦并没有领情，而且还扣留了法赛盖。他命令曼丁国国王向自己臣服，如果不照做，他就会带领军队攻占尼亚尼。大家都知道，苏毛罗国王暴戾恣睢，而丹卡朗·图曼国王却非常软弱胆小，面对威胁完全不敢反抗，直接臣服于苏毛罗国王。① 为了表达自己的诚意，他还让自己的妹妹娜娜·特里班公主与苏毛罗国王和亲。

❶叙述
表现出人物软弱的性格。

其实苏毛罗国王也是一位法术高强的巫师，他自己的宫殿中有一间密室，里面有各种各样的巫术器具。

法赛盖虽然被扣押了，但他从没放弃过逃出去的想法。一天，他溜进了这间密室，刚一进密室，里面就有无数的猫头鹰和毒蛇攻击他。还好，法赛盖也擅长巫术，他施展咒语，猫头鹰和毒蛇就安静了下来。

接着，他看到了一架木琴放在密室门边。② 他忍不住弹奏起来，木琴的质量非常上乘，弹出的音乐很悦耳，法赛盖自己，甚至是猫头鹰、毒蛇都沉浸其中。

❷铺垫
木琴的声音很有感染力，为下文法赛盖被发现，并巧妙化解危机做铺垫。

但是，令法赛盖没有想到的是，但凡木琴有一点动静，苏毛罗国王马上就能感知到。于是，在法赛盖还沉浸在音乐中时，苏毛罗国王正向着密室赶来。直到苏毛罗国王进入密室，法赛盖才意识到自己陷入了危险的境地中，但是他临危不乱，继续弹奏，而且还唱起了歌，歌颂苏毛罗国王的英勇伟大：

我身边的苏毛罗国王。

尊敬您！

我尊敬您！

我身边的苏毛罗国王。

我尊敬您！巫术强大的国王。

我尊敬您！征服世界的国王。

❶语言描写
表现出人物狂妄自大的性格。

苏毛罗国王听到这些夸赞，非常高兴，说：①"今后你法赛盖就是我的格里奥了！"

既然苏毛罗国王能够征服那些国家，就说明他并不是一般人。甚至有传言说他法力无边，有神明护体。战场上他骁勇善战，带领士兵们取得一个又一个胜利，士兵们都很敬佩他。②但是他在生活中却荒淫残暴，甚至鞭打老人，无恶不作，国民们对此都非常不满。

❷叙述
索索国的国民们对国王不满，为下文埋下伏笔。

苏毛罗国王曾有一位外甥，叫作法考利·科罗马。但是在他抢走了外甥的妻子后，外甥就与他决裂了。决裂后，法考利·科罗马下定决心要杀了苏毛罗国王，成为索索国的新主人。为此，他组建了一支军队，但是他深知这支军队和苏毛罗的大军相比，实在是力量悬殊。于是，他决定与苏毛罗的仇人联手，一起杀掉苏毛罗。

丹卡朗·图曼知道了这件事后，立即选择同法考利·科罗马一起组建军队，企图杀掉苏毛罗国王。但是，这件事被苏毛罗国王发现了，他勃然大怒，率军攻占了曼丁国，还将曼丁国的都城尼亚尼烧成了灰烬。

①丹卡朗·图曼国王见到都城被烧，竟然头也不回地跑了。仿佛这座城池和正在受苦的百姓与他没有关系一般。

❶动作描写
表现出人物自私、懦弱无能的性格。

看到自己的国家成了现在这个样子，曼丁国的勇士们都会集起来，要向苏毛罗复仇。但是他们苦于没有首领，于是，他们询问先知：“先知，请问谁才能带领曼丁国走向胜利？”

先知回答：“王位真正的继承人才能带领你们拯救曼丁国。”

曼丁国人民这个时候才想起曾经的王子松迪亚塔。于是，他们组建了一个信使团，四处寻找松迪亚塔的踪迹，希望他能带领士兵们让曼丁国重回以前的繁荣。

7. 猴面包树叶信使

松克隆年老体衰，常年卧病在床。但让她欣慰的是，松迪亚塔和曼丁·波里都英勇威武，两个女儿也擅长做各种家务。松克隆生病期间，一直都是大女儿珂珑康在代替母亲的角色，为大家做饭、补衣，照顾全家。

②有一天，珂珑康在买菜时看到一个卖猴面包树叶的女人，可是麦马国的人民很少吃猴面包树叶，于是她上前询问：“你们从哪儿来？”

❷语言描写
表现出了人物的细心和善于观察。

那女人回答道："我们从曼丁国而来。"

珂珑康感到疑惑，于是继续问道："曼丁国这么遥远，你们怎么来到这里了？"

卖菜的女人无奈地回答说："我们流浪在外，是为了寻找松迪亚塔。"

❶侧面描写

人们不远万里寻找松迪亚塔，从侧面说明了曼丁国危急的局势。

① 过了这么多年，距离这么遥远，居然还有人来找她们一家人，珂珑康听了十分吃惊。这个卖菜的女人将珂珑康介绍给了曼丁国的信使，珂珑康随即又带信使见了松克隆和松迪亚塔。

见面之后，松克隆很快就认出这些信使是当年老国王的得力部下，对老国王十分忠心。信使看见松克隆后说："王后，曼丁国国民现处在水深火热之中，请您救救我们吧！"

松克隆听后非常难过，于是她问道："我要怎么做才能帮到你们呢？"

信使们回答说："先知说，只有您的儿子松迪亚塔才能拯救曼丁国。"接着他们对松迪亚塔说："请您务必跟我们一起回去，拯救曼丁国的国民。国民们都向神明祈求您的回归，勇士们都在期待您带领他们驱赶敌人。"

读书笔记

事实上，松迪亚塔早就在思考有关曼丁国的事情。所以，听到信使说这些，他稍加思索后回答道："曼丁国是我的故土，如今，有外人在侵犯我的故乡，我有责任守卫曼丁国。请你们稍等片刻，我这就去和东卡拉国王告别，跟你们一起回曼丁国。"

松迪亚塔立刻前往宫殿，他的背影坚定又强大，让信使们十分有安全感。他们已经开始期待松迪亚塔带领他们拯救曼丁国了。

松克隆看着自己的儿子长大成人，这么优秀，感到十分欣慰。终于，她放心地闭上了眼睛，离开了人世。

自己的家园正在被别人践踏，自己的母亲又刚刚离开人世，松迪亚塔感到无比悲伤。东卡拉国王对他说："人终有一死，你要打起精神，不要辜负人们对你的期望。"

松迪亚塔振作精神，对国王说：① "亲爱的国王，在我的家人无家可归时，您无私地收留了我们，还教会我一身本领，对待我就像对待自己的亲生儿子。您对我的恩情，我这辈子都不会忘记。可是，现如今我的家园正在被外人占领，我身为曼丁国的王子，曼丁国王位的合法继承人，有责任回去保卫我的家园，拯救我的国民。"

❶语言描写⋯⋯⋯
　　塑造了知恩图报、富有责任感的人物形象。

然而，这番话却让东卡拉国王大发雷霆。他一直将松迪亚塔看作自己的儿子，无论去哪里征战都带着他，还教授他各种知识和武艺。不仅如此，他还拥有仅次于国王的权力。他对松迪亚塔这么好，实在是没有想到松迪亚塔会想要离开麦马国，而回到曼丁国去！

于是他说："没想到你这么忘恩负义！亏我将你视如己出，真是看错你了！你走吧，离开我的国家！"

①松迪亚塔自知理亏，但他别无选择，他必须回去拯救曼丁国。想到自己的母亲，他请求道："我会主动放弃我所拥有的权力，但您是否能给我一块土地好让我能安葬我的母亲。"

东卡拉国王还没有平息怒火，他不屑地说："除非你出钱买地，否则我不会安葬你的母亲。"

②松迪亚塔无奈地说："但是我所拥有的都是您赐给我的。要不，等我回曼丁国驱逐侵略者之后再回来报答您。"

东卡拉国王还是不同意，怒斥道："不行！要是你现在不马上出钱买坟地，你就带着你母亲的遗体一起回曼丁国！"

松迪亚塔听后，默默地走出了宫殿。东卡拉国王以为他放弃了，没想到一会儿，松迪亚塔就拿着一个篮子回到了宫殿。

他将篮子递给国王后说："这就是我支付的钱。"

东卡拉国王一看，篮子里面只有稻草、破瓦片和一些野鸡的羽毛。东卡拉国王不解，以为松迪亚塔在羞辱他，于是勃然大怒。

在这时，东卡拉国王身边的一位智者上前劝说道：

"尊敬的国王，您就给他一块土地让他安葬自己的母亲吧！"

东卡拉国王不明白为什么智者要这样说，问道："凭什么！他给的这些东西根本就不值钱！"

①智者轻声说："您看他这篮子里的东西，稻草和破瓦片意味着等他成为曼丁国国王之后会奋力攻占麦马国。那时候，麦马国就是一个只有野鸡的荒芜之地了。"

东卡拉国王有点被说服了。

智者继续补充说："您如果现在送给他土地让他能好好地安葬自己的母亲，他今后一定会好好报答您的，而我们国家也会多一个富强的盟国。"

东卡拉国王被说服了，他意识到自己对曾经那么亲近的松迪亚塔过于刁难了。所以，他最终决定，不仅要为松克隆建筑墓地，还为她举办了一场隆重庄严的葬礼。

❶解释说明
借智者的话解释松迪亚塔的用意，同时也方便读者理解。

8. 松迪亚塔集结军力

把母亲安葬好之后，松迪亚塔开始一心一意地规划该如何讨伐苏毛罗，保卫家园。目前他所拥有的兵力只有一些分散的曼丁国军队，这点兵力是很难战胜苏毛罗国王的。令人意外的是，东卡拉国王将自己一半的兵力都借给了松迪亚塔，助他成功。松迪亚塔对于麦马国的士兵们很熟悉，士兵们也非常信任他，相互之间都非常有默契。另外，松迪亚塔还专门组建了一支强大的铁骑团，希望他们能带领所有的士兵，走向胜利。

❶叙述

说明主人公的才能与为人得到了大家的认同。

① 瓦加杜国王在听到松迪亚塔的计划之后，也将自己的一半兵力借给他，并且祝福他能够顺利拯救自己的家园，杀掉苏毛罗国王这个暴君。

尽管如此，松迪亚塔的士兵还是比较缺乏，曼丁·波里十分担心，他问道："哥哥，我们这些士兵能够打败苏毛罗吗？"

松迪亚塔自信地说："弟弟，两军相逢勇者胜，兵不在多而在精。我们在自己的家园上驱逐敌人，本就有优势。"他稍加思索后继续说道，"我将会亲自带领铁骑团冲锋，打回曼丁国。"

一切准备就绪之后，松迪亚塔带着铁骑团，绕过索索国，向着曼丁国出发了。

❷铺垫

主人公不仅才能出众，还很有人缘，为下文获胜做铺垫。

② 第一个到达的是太蓬国，之前他就和太蓬国的法朗·卡马拉王子约定过，携手创造强大的帝国。

而正当松迪亚塔不断扩充自己军队的同时，苏毛罗国王也了解到了松迪亚塔的目的和动向，一场大战近在眼前。

索索国的先知对国王说："我们的军力比他们强大太多，您应该趁着现在直接把他们一举消灭。"

①但是苏毛罗国王却不以为然，他百战百胜，丝毫没有考虑过自己会输给松迪亚塔。所以他回答说："松迪亚塔就是一个还没长大的小子，还妄想来杀了我，简直是不知天高地厚。根本不用我出马，让我的儿子索索·巴拉带兵去铲除他吧！"

于是，索索·巴拉带领一支军队埋伏到太蓬国附近的一个山谷里，这个山谷是松迪亚塔前往太蓬国的必经之路，他认为在这里埋伏一定可以将他们一网打尽。

等到达山谷之后，士兵们都非常疲惫，因此放松了警惕。但令索索·巴拉完全没有想到的是，他们早已被松迪亚塔的侦察兵发现了！

松迪亚塔得知他们在前方埋伏的消息后，马上开始制订作战计划。

天还未暗，他们在山谷前停下，一位将领建议说："我们的士兵都比较乏困了，不如我们在此休整，等明天一早就将他们全部拿下。"

松迪亚塔思索片刻后说：②"不可。敌人现在也是处于疲乏的状态，若是我们现在攻入，必能攻其不备。等到明天早上，我们的胜算就小了许多。"

将领们被他说服了，纷纷表示支持，呼喊道："我们誓死追随您！"

敲战鼓、鸣战号，士兵们早已准备好。松迪亚塔拔

❶心理描写
　　苏毛罗国王性格狂妄，为下文埋下伏笔。

❷语言描写
　　表现出人物思虑周全、智慧过人。

刀指天，大声吼道："全军出击！"

由他带领的铁骑团在前，其余士兵们在后，向着索索·巴拉的埋伏点杀去。

而这时，索索·巴拉的队伍还在原地休息，面对突然到来的敌军，他们被打了个措手不及。

松迪亚塔和他的铁骑团凶猛善战，斩杀了非常多的敌人。很快，索索·巴拉的军队就溃不成军。

❶心理描写
表现出主人公杀伐果断的一面。

①松迪亚塔见此，决定先杀掉索索·巴拉，给他们致命一击。锁定索索·巴拉之后，他马上与索索·巴拉厮杀起来。索索·巴拉哪是松迪亚塔的对手，只交手了几个回合，索索·巴拉就在士兵的掩护下赶紧逃跑了。

见到将领都在逃跑，敌军的军心也就涣散了。很快，他们就都抱头鼠窜，仓促逃跑了。这次战斗松迪亚塔大获全胜，不仅将敌军打跑了，还俘虏了许多敌兵。

❷侧面描写
侧面反映出主人公的领军才能。

②事实上，在这期间，太蓬国的法朗·卡马拉在了解情况之后正准备率兵赶来支援。没想到还未到达，松迪亚塔就胜利了。

终于，法朗·卡马拉也到达了山谷，两位老友见面后都十分激动。

松迪亚塔说："我的朋友！你长成了一个英俊的壮汉了！"

法朗·卡马拉笑着回答道："你也变成了真正的男

子汉了！"

原来，法朗·卡马拉已经继承了太蓬国的王位，这样，他就能更方便地帮助松迪亚塔了。

松迪亚塔战胜的消息传遍了各国，曼丁国的国民都感到非常兴奋，心中重新燃起了家园复兴的希望！

索索·巴拉逃回索索国，对苏毛罗国王说："父亲，松迪亚塔勇猛善战，我完全打不过他！"

苏毛罗国王这才开始正视松迪亚塔的实力，于是他重新制订计划，并决定由他亲自带领军队进攻太蓬国，一举消灭松迪亚塔和法朗·卡马拉二人。

松迪亚塔的军队逐渐庞大，现在他除了拥有曼丁国的士兵、麦马国的士兵、瓦加杜的士兵之外，又拥有了法朗·卡马拉的士兵，兵力大大增强。

很快，两军就在内古波利亚山谷交战了。事实上，苏毛罗国王的士兵数量是多于松迪亚塔的士兵数量的，所以，苏毛罗国王的本意是将松迪亚塔的大军吸引到平原上，这样他们就能直接用数量碾压松迪亚塔。① 但是，松迪亚塔看透了他的想法，不到平原上应战。苏毛罗国王没有办法，只能在山谷内开战。

两军的战鼓声在山谷中回荡，士兵们都一鼓作气、浴血奋战。

苏毛罗国王让两支骑兵先行占据山脊，然后调动主力步兵于山谷当中。这样他就很好地占据了地利，能够

❶叙述
这里进一步表现主人公的智慧。

37

站在山脊上俯瞰整个战况。

但松迪亚塔见此并不害怕，他准备用骑兵和弓箭手来破坏敌军的队形。

骑兵先行，目标直指苏毛罗国王的步兵军队，一顿厮杀之后，敌方的队形很快被打乱。趁此机会，弓箭手又在骑兵的掩护下万箭齐发，战场上箭如雨下，敌军哀号一片，纷纷倒下。

趁此优势，松迪亚塔率领步兵加入战斗，与对面由索索·巴拉带领的敌军进行战斗。[①] 松迪亚塔一眼就锁定了索索·巴拉的位置，直接策马飞奔，用手中的长矛刺中了他的身体，索索·巴拉即刻失去了战斗能力。

❶动作描写
烘托出激烈的战场氛围。

苏毛罗国王见此，连忙冲到山谷中，同松迪亚塔交战。

松迪亚塔奋勇迎战，手中的长矛直接向苏毛罗国王刺去。可奇怪的是，正当长矛要插入苏毛罗国王的胸口时，只听"叮咚"一声，长矛却从他的胸口滑下去了。

松迪亚塔再接再厉，弯弓射箭。但是，苏毛罗国王却直接用手握住了射来的利箭，丝毫没有被伤到的迹象。他手拿着箭，眼睛直勾勾地盯着松迪亚塔，嘴角上扬，说道："小子，你是不可能杀了我的，我是刀枪不入的！"

松迪亚塔对他的挑衅置之不理，再次将矛头指向苏毛罗国王，但是没想到的是，苏毛罗国王竟然一下子原地消失了！

正当松迪亚塔费解时，在一旁帮助他的曼丁·波里指着山脊说："快看！他在那儿！"

果然，苏毛罗国王正好好地站在山脊上。松迪亚塔觉得非常纳闷，明明苏毛罗国王刚才还在和自己战斗，怎么一眨眼就到山脊上了呢？

① 还不等松迪亚塔想出这个问题的答案，苏毛罗国王就自行逃跑了，全然不顾士兵的死活。国王都逃跑了，剩下的士兵们自然是溃不成军，四处逃跑，跑不掉的只好投降。

❶叙述
表现出人物自私自利、冷漠无情的性格。

虽然这一场战斗松迪亚塔胜利了，但是他并没有因此而骄傲，反而因为苏毛罗国王的神秘而感到非常忐忑。他怎样也想不通为什么苏毛罗国王能够瞬间到达山脊上，② 难道是因为他会遁地术吗？他还说他刀枪不入，那这样的话，又怎样才能杀掉他呢？

❷设置悬念
调动读者阅读兴趣，引出下文。

不管怎样，这一场战斗的胜利让各国见识到了松迪亚塔的厉害，他的故事在整个非洲草原上被人们歌颂。正因如此，松迪亚塔他们路过的每一个部落、城市或村庄都对他们非常热情友好，而且当地的勇士们还主动加入他的军队。因此，松迪亚塔的军队不断有新鲜血液加入，逐渐地，能和索索国的军队数量相比拟了。

松迪亚塔看着自己的军队越来越庞大，也非常激动和欣喜，感叹道："曼丁国的子民们！我一定会拯救你们于战乱之中，让你们重新拥有美好的家园！"

① 他对着士兵们呼喊："为曼丁国国民报仇雪恨！"

士兵们也用呼喊回应："为曼丁国国民报仇雪恨！"

这个呼喊声让听到的人无不激动兴奋，他们大多与苏毛罗国王结仇，恨不得早点让松迪亚塔杀掉苏毛罗国王。

到此为止，松迪亚塔终于拥有了能与苏毛罗国王抗衡的军队，他们最终的决战，也即将到来了。

9. 他乡逢旧友的喜悦

虽然松迪亚塔回曼丁国的路已经没有障碍了，但是仍然要时刻提防苏毛罗国王。苏毛罗国王战败之后，回到索索国又重新组建了一支巨大的军队，想要再次攻打松迪亚塔的军队。

松迪亚塔听到这个消息之后，立刻和将领们商量对策。此时，他们位于非洲西北平原一带。

面对曾经屡战屡胜的索索国军队，不管松迪亚塔对自己的士兵多么有信心，也没有放松警惕。并且，②苏毛罗国王本人更是棘手，他不仅凶残勇猛，而且巫术高明。松迪亚塔思来想去，觉得一定要先想办法破解他的巫术才能取得胜利。

于是，松迪亚塔咨询了很多当地的先知，先知们都说，只有举行一场盛大的祭祀活动才能破解苏毛罗国王的巫术。松迪亚塔在先知们的指点下，将一百只白色的公牛、公羊，还有一百只公鸡祭祀给了天神。

祭祀结束后，士兵跑来告知松迪亚塔说："伟大的松迪亚塔，您的格里奥法赛盖和您妹妹娜娜·特里班都成功逃出了索索国，现在正在西北平原等待和您的相会。"

松迪亚塔听到这个消息，又惊又喜，连忙赶到西北平原。① 三人终于相会，哭着、笑着拥抱在一起。

❶动作描写·········
表现出主人公重感情的一面。

松迪亚塔一直都很喜欢娜娜·特里班，虽然她是萨苏玛·蓓蕾特的女儿，但是她内心单纯又善良，一直都和松迪亚塔保持着良好的关系。而法赛盖就更不用说了，虽然这么久没有见面，但是他们一直都想念着对方。

大致聊了一下近况之后，松迪亚塔感到很疑惑，苏毛罗国王非常聪明，还拥有很强的巫术，他们怎么能逃脱呢？于是他问道："你们是怎么成功从索索国逃出来的？"

读书笔记

娜娜·特里班回答说："最开始嫁过去时，我整天以泪洗面，对未来完全没有信心。但是后来我突然明白，这样是不行的，如果我只会哭泣，那我将永远都逃离不了这里。我一定要让苏毛罗国王相信我，所以我佯装对他温柔关心，还称赞他英勇强大，没想到这一套对他非常管用。他越来越相信我，不断跟我讲一些他的秘密，还带我去看他的密室。渐渐地，我知道的越来多，所以我开始和法赛盖制订逃跑的计划。这次开战之后，我们就赶紧逃了出来。"

法赛盖看着自己昔日的好友成长成了现在这个模样，感到非常自豪和激动，他不自主地握着松迪亚塔的双手说："① 我的好兄弟！你终于挣脱了束缚，你就像一头咬断了锁链的雄狮，将会披荆斩棘，统领整个森林！那位猎人果然没有说错，你就是最伟大的国王，你将会超越亚历山大大帝！我要永远追随你！歌颂你！"

❶语言描写
表现出人物对主人公的崇拜。

三人不停地聊着，松迪亚塔也从娜娜·特里班那里知晓了苏毛罗国王巫术的秘密，这下，他就不再那么不安了。

10. 决战于科里纳

苏毛罗国王的外甥法考利·科罗马一直都在寻找和苏毛罗国王敌对的人。听闻了松迪亚塔的事迹之后，他连忙带着部队赶来见松迪亚塔，说：② "伟大的松迪亚塔，我们都有共同的敌人——苏毛罗国王，他灭了您的国家，抢走了我的妻子，我们和他之间势必是你死我活的局面。所以，请您允许我同您结盟，我和我的士兵们将听从您的指挥。我的士兵骁勇善战，一定能够助您成功。"

❷语言描写
表现出人物对主人公的尊敬和认同。

松迪亚塔接受了他的请求，封他为统帅。于是，法考利·科罗马的军队也纳入松迪亚塔麾下了。

① 不久有消息称，苏毛罗国王的军队现如今正在科里纳。松迪亚塔迫不及待地想要恢复整个非洲草原的和平，于是，他得到消息之后，即刻带领自己所有的士兵前往科里纳，奔赴最终的决战！

决战前一天晚上，松迪亚塔为了鼓舞士气，令下属布置美味佳肴，让士兵们吃个够。他们载歌载舞，只为了更好地放松。整个宴会热闹非凡，士兵们热情似火，仿佛在提前庆祝胜利似的。

宴会上，法赛盖对松迪亚塔正色道："松迪亚塔，世间万物都有兴衰败落。曾经的瓦加杜王国也是国力强盛，疆土辽阔，如今却大不如前。而后索索国不断壮大，成为非洲草原上的佼佼者。您生于凯塔家族，曾经您的祖先们也是从一个小小的村庄开始，逐渐扩大自己的领地，从村庄到部落，再到后来的曼丁国。包括您父亲在内的十六位国王，他们兢兢业业，为了让曼丁国更加繁荣而不断努力，不断扩张自己的势力，这才有了你所认识的曼丁国。您的父亲是曼丁雄狮马甘·孔·法塔，母亲是松克隆·凯珠，您的身体里流着他们二位的血液。所以，您也一定会像雄狮一样智勇双全，像水牛一样强壮坚定；您一定能够统领整个森林，成为真正的伟大的国王。这样，您才会让后辈们为您自豪，以您为目标。我只是一个格里奥，我只能用言行去辅佐您、帮助您，但是明天的这场战斗，您要用自己的双手来

❶叙述
塑造了主人公正义的形象。

读书笔记

43

证明您自己。只要您击败了敌人，我一定会大力歌颂您的故事，让世人永远记住您。这样，我才没有辜负老国王对我的期望，才算完成了我作为一个格里奥的使命。"

❶心理描写
表现出主人公对取得胜利的决心，为下文做铺垫。

①松迪亚塔听了法赛盖的话，内心十分澎湃，对明天的大战也有了必胜的决心。他心里默默地说道："一定不能辜负所有人对我的期望。"

休息了一个晚上，天才刚亮，法赛盖和娜娜·特里班就悄悄来到松迪亚塔的军帐中问道："白鸡爪弓箭准备好了吗？"

松迪亚塔举了举手中的弓箭说："都准备好了。"

等到太阳完全升起，两边军队也都全部集结完毕，大战一触即发。松迪亚塔战刀指天，怒吼道："全军出击！"

他的声音如同惊雷般传遍了整个战场，战士们奋勇向前，冲进敌军的阵营中。骑兵军队一马当先，奋勇杀敌；步兵军队紧随其后，浴血奋战；弓箭手们纷纷放箭，杀敌人一个出其不意。整个战场上都充斥着嘶吼声、马鸣声，以及刀剑交接时发出的声音。

❷叙述
强调这场战斗足以被载入史册，突出战斗之激烈。

②战士们英勇无畏，打得难解难分，好一场激烈的战斗，足以被载入史册！

松迪亚塔带兵在前，已经成功打入敌军的主力军队。但是，曼丁·波里赶到松迪亚塔旁，说："哥哥，法赛盖不敌苏毛罗带领的队伍，我们的后方很难守住啊！"

① 于是松迪亚塔赶紧带兵掉转，去支援法赛盖。松迪亚塔一边杀敌，一边在寻找苏毛罗国王，只有将他消灭了，剩下的战斗才能顺利结束。

终于，松迪亚塔发现了位于整个军队后方的苏毛罗国王，他正在指挥军队的进攻。松迪亚塔拿出提前准备好的白鸡爪箭，弯弓瞄准苏毛罗国王，射击！本来并无杀伤力的白鸡爪箭，一碰到苏毛罗国王的肩膀，苏毛罗国王就气力全无，发出哀号，原来，这就是破解苏毛罗国王巫术的办法！

苏毛罗国王深知自己的巫术已经被破解了，翻身上马，直接就逃跑了，全然不顾自己士兵们的死活。士兵们看到自己的首领再一次抛弃了他们，军心彻底涣散，很快就被打败了。

松迪亚塔和法赛盖连忙去追赶苏毛罗国王，可不能再次让他逃跑了，这次一定要让他死于刀下。② 但是，他们一直沿着苏毛罗国王逃跑的方向追，从白天追到傍晚，还是没有看到苏毛罗国王的身影。

大战结束，松迪亚塔胜利了！索索国落败，国王逃跑，王子和士兵们成为阶下囚。

松迪亚塔在法赛盖的带领下来到苏毛罗国王的密室中，一进密室，他们就发现密室中本来生龙活虎的猫头鹰和毒蛇等都已经奄奄一息。法赛盖说，这应该是象

❶叙述
　表现出主人公的果断和睿智。

❷侧面描写
　从侧面衬托出苏毛罗国王的狡诈。

征着苏毛罗国王现在也是半死不活的。松迪亚塔回答：
"既然如此，苏毛罗国王对我们也就没有威胁了。"果然，
自此之后再也没有过有关苏毛罗国王的任何消息，大家
都相信他已经死了。

松迪亚塔和苏毛罗国王这么长时间的战斗终于结
束了。①松迪亚塔好心放了索索国的俘虏，但是他永远
记得他们毁灭尼亚尼的仇恨。毕竟，尼亚尼是曼丁国永
远的都城，凯塔家族在这里发家，在这里壮大，在这里
成就辉煌。所以，松迪亚塔为了报仇，他遣走了索索
城——索索王国的都城里的所有居民，然后一把火，烧
了索索城。

熊熊烈火吞噬了整个索索城，几天后，大火终于灭
了。整个索索城成为一片废墟，最终成了野鸡的地盘。

❶叙述
表现出主人
公宽容大度，但
恩怨分明的性格。

读书笔记

11. 松迪亚塔重返曼丁

继苏毛罗国王之后，松迪亚塔还打败了一些索索国
的盟国军队，终于，他统一了整个非洲草原。

一切战事都平息之后，他来到母亲松克隆的家
乡——德沃国。德沃国国王和臣民都热情地迎接他，给
他最好的待遇。松迪亚塔和法赛盖又去了乌朗汤巴平
原，想要找一找有没有母亲的真身——水牛的足迹。

当时，德沃国的百姓在水牛被杀死之后，就在原地
堆了一个状似坟墓的土堆。②松迪亚塔刚杀了一只白公

❷情景描写
描写离奇的
情景，增加故事
的奇幻色彩。

鸡准备祭祀母亲时，一阵大风刮来，将土堆上的一棵大树卷走，飞向了西边。

法赛盖看着西边说："那边是曼丁国。"

松迪亚塔这才意识到，这么多年了，该回家了。

在这之前，他为了兑现自己和东卡拉国王的承诺，派使团出使麦马国，还带去了各种财宝，也是为了报答东卡拉国王对他的收留和栽培之恩。

使者们将礼物奉上，对东卡拉国王说："国王陛下，我代表伟大的松迪亚塔向您表示谢意，松迪亚塔还说，他和您与西塞国王是永远的真诚的盟友，曼丁国愿与你们互相帮助、共同繁荣。"

松迪亚塔离开德沃国之后，起身前往家乡曼丁国。在卡巴时，他召开会议宣布了一些战后的决定。① 他将战后获得的土地和物资分配给每一个与他并肩作战的国家。另外，他还制定了一些条约来约束非洲草原各国之间的往来，这些条约能让各国的发展更加均衡，实现互惠互利。与松迪亚塔共同作战过的十几个国家的国王同意他的决定，都表示会誓死支持松迪亚塔。至此，松迪亚塔真正统一了非洲草原，成为一名伟大的帝王，而这些经历也帮助他后来建立了马里帝国。

后来，这次会议被人们大为称赞，人们在卡巴当地的丛林中竖起了一根纪念柱来纪念这次会议。这根纪念柱千年不倒，记载了这段非凡的非洲历史。

❶叙述
表现出主人公有恩必报的品格。

会议结束后，在前往曼丁国之前，松迪亚塔还将索索国剩下的粮食赠送给了卡巴当地的百姓。

终于，到了分别的时候了。盟国的国王都要回到自己的国家守护自己的国土，在离开之前，每一位盟国的国王都派出了一支队伍加入松迪亚塔的军队来表达对他的敬意。

❶侧面描写
从人们的表现，侧面衬托出主人公的品格，以及曼丁国国民对主人公的认可和感激。

①告别了盟友之后，松迪亚塔带领军队继续向曼丁国前行，一路上，人们都热情欢迎他们，感谢他们拯救了曼丁国。甚至有百姓不远千里而来只是为了跟他们说一声"谢谢"。

因为这些人民过于热情，松迪亚塔每到一个地方都会受到盛情款待，本来最慢也能两天到达的路程，军队硬是花了七天才到达。

经历了这么多，经过了这么久，重新踏上尼亚尼的土地，松迪亚塔感慨良多。曾经那个繁荣昌盛、百姓安居乐业的尼亚尼，因为一场大火而变成了一片废墟。还好，百姓们也和松迪亚塔一样没有放弃这座城市，他们都认定，尼亚尼是曼丁国永远的都城，松迪亚塔一定会带着胜利来重建尼亚尼的辉煌。

在松迪亚塔的带领和百姓的努力下，尼亚尼很快就回到了原本的样子。甚至，因为经历了战乱，大家更加团结、勤劳，这座城市比以前更加繁荣，更加有魅力。

时光飞逝，一年过去了，松迪亚塔在都城尼亚尼又召开了一次会议。^①这次会议是为了让百姓安居乐业，拥有幸福的生活。同时，他还制定了一些联盟国的法律。法律规定：

若是领地主人言行不当，任何臣民都能够直接向松迪亚塔报告其领地主人的罪状。如经查明，情况属实，松迪亚塔一定会给予领地主人相应的惩罚，要么剥夺他的权力，要么没收他的钱财。

因为这条法律，各地的领地主人都不敢恃强凌弱，欺压百姓。就算是很小的事情，只要百姓来找松迪亚塔，他都会认真对待，帮助他们解决问题。这样的态度让各国的百姓都安居乐业，生活也越来越好。渐渐地，人口越来越多，各国之间的交往越来越频繁，形成了一片欣欣向荣的景象。

松迪亚塔历尽苦难，终于成了曼丁国的国王，在他的带领下，整个曼丁国越来越繁荣昌盛。这就是曼丁雄狮——松迪亚塔的英雄故事。

❶叙述

可见主人公十分体恤老百姓，并努力让曼丁国繁荣富强。

📝读书笔记

精华赏析

随着主人公的才能和实力的不断提高，故事正式进入高潮，也进入主人公和大反派正式对决的阶段。我们能从故事中对主人公的一系

列语言和心理描写，看到主人公令人尊敬的人格魅力。这也是他不断收获盟友、得到帮助的原因。此外，故事中还出现了许多极具奇幻色彩的情节，丰富了故事的趣味。

延伸思考

1.太后为什么想杀掉松迪亚塔？

2.曼丁国的新国王为什么仇视松迪亚塔？

3.松迪亚塔为什么要拔猴面包树？

相关链接

故事开端进行了大量的铺垫，同时不断埋下伏笔，如刻意地反复突出主人公的能力和人格魅力，以及指出反派人物的缺点等。这些内容都是在为主人公最后的胜利做铺垫，让故事后期的情节变得顺理成章。另外，故事中人物形象鲜明，角色性格对比强烈，使读者如闻其声、如见其形，紧跟情节的发展。

鳄鱼的眼泪

名师导读

　　大家曾好奇过鳄鱼的外形吗？它们为什么会长成这样呢？一起来看看鳄鱼家族的传说吧！

　　在很久之前的非洲某地，有一个鳄鱼家族。① 刚开始，他们的身体又滑又白，跟鱼没有两样，在水中无忧无虑地生活着。可是，他们的鱼鳍逐渐变得像铁锹一样坚硬，小鳄鱼们非常不解。爸爸妈妈解释说："鱼鳍变硬能让我们更好地在水中遨游，可以让我们游得更快、更远。"

　　克罗克地利是整个鳄鱼家族里年龄最小的孩子，贪玩淘气，不听爸妈的话，让爸妈很不省心。爸妈说不能靠近水面，他却偏偏不听话，一天天地离水面越来越近。终于有一天，他来到了水面，好奇地探出头看了看外面的世界。

　　天哪，水面外的世界跟水里的简直是天差地远，蓝天白云，绿树红花，水面外太漂亮了！克罗克地利尝试

❶设置悬念
　　幼年鳄鱼的身体和鱼没有两样，这和人们对鳄鱼的认知大相径庭。设置悬念，激发读者的阅读兴趣。

51

用自己的鱼鳍撑起自己的身体，完全脱离水面。他深吸一口气，新鲜的空气充斥了他的肺部，他感到新奇又兴奋，原来在水面外也能呼吸！^①但是，他不敢多逗留，又马上回到了水里。

①动作描写
尽管克罗克地利对水面外的世界感到十分新奇，但他仍不敢逗留太久，生动形象地表现了他面对新环境时的胆怯与小心。

有了第一次的经验之后，水面上的一切就成了克罗克地利的新世界，所有的事物都在等待他去探索。他的胆子也越来越大，从刚开始只敢从水面上探出头，到现在敢完全离开水面跑到岸上。他完全沉浸在这个新奇的世界里，甚至有一次看到了一种能在天上飞的生物，这简直是太让他吃惊了！

"你好，你是谁？"

"我是一只鸟，你呢？"

"我是一条鱼。"

"鱼不是生活在水里吗？怎么能上岸来？"

"我最近长出了脚，所以能上岸。"

"你没有翅膀吗？"

这只鸟儿好奇地围着克罗克地利飞，他美丽的羽毛吸引着克罗克地利。

②对话描写
克罗克地利渴望拥有翅膀，他与鸟儿的对话交代了获得翅膀的方式。为后文故事的发展埋下伏笔。

^②"我没有翅膀，怎样才能拥有呢？"

"抱歉，我不知道。可能是太阳给了我这身羽毛，所以我们家族每一年都会追逐太阳来到这里。妈妈说没有太阳我们就无法活下去，而我们原本住的地方现在还是冬天，所以我们来到了这里。"

回到家后，克罗克地利把这一天的所见所闻都说给自己的兄弟姐妹听，他们感到十分好奇。于是，第二天，孩子们都跑到岸上要看克罗克地利口中的有着美丽翅膀的生物。

① "我们现在会走路了，但是还不会飞。鸟儿说，太阳给了他翅膀，所以我们要先晒太阳，等到翅膀长出来之后才能飞翔。"克罗克地利对兄弟姐妹说道。

❶ 语言描写 ········
克罗克地利听信了鸟儿的话，以为晒太阳就会长出翅膀。结果究竟会如何呢？

于是，他们为了长出翅膀每日在非洲的太阳下暴晒。久而久之，他们的鳞片变硬变大，他们的皮肤也噼啪作响，但是他们为了能长出翅膀都心甘情愿地忍受着这些痛苦。

日复一日，年复一年，一代又一代的鳄鱼家族从未放弃过长出翅膀的梦想，终日的暴晒让他们的皮肤像盔甲一样坚硬，皮肤的颜色也从雪白变成了褐色。这样的变化使他们每年都遭受鸟儿的嘲笑，他们又羞愧又愤怒，脾气也越来越差。他们讨厌所有漂亮的生物！

② 一直到现在，我们都还能经常看到晒太阳的鳄鱼。但是，就算经过了这么长的时间，他们还是没能长出翅膀。所以，他们总是难过地哭泣。这就是鳄鱼的眼泪的故事。

❷ 呼应主题 ········
交代了鳄鱼的眼泪的来由，阐释主题，让人忍俊不禁的同时也收获感悟。

精华赏析

　　鳄鱼从鱼的外形一步步变成现在的样子，经历了漫长的磨砺，因为它们坚定地认为晒太阳能够长出翅膀，为了梦想它们能够长期忍受痛苦。在故事中鸟儿将鳄鱼视为嘲笑的对象，它们当真可笑吗？让读者不禁深思。

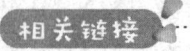

延伸思考

　　1.克罗克地利为什么要上岸？
　　2.鳄鱼们为什么要坚持晒太阳？

相关链接

　　故事的精彩之处在于作者对鳄鱼的外形由来进行了有趣的想象，阐明了起因、经过和结果。另外，鳄鱼的性格也十分符合情节需要，让故事结构更加清晰完整。

大象墓地

名师导读

大家多少都了解一些现实中大象的生活习惯，可大家知道它们为什么会有这些习惯吗？这篇故事以极具奇幻色彩的方式讲述了其中的原因。

很久很久之前，大象们由国王科鲁带领，住在桑咕噜河边。有一天，报信者织布鸟神色慌张地对科鲁说：① "不好了！科鲁国王，有一群奇怪的生物闯入了我们的国家，他们只有两只脚，长得黑黑的，手上还拿着能杀死我们的奇怪的东西。现在，他们正在不断地侵占我们的领域，我们的国民根本抵挡不住他们，他们经过的地方几乎都被毁灭了啊！"

科鲁不以为然地说："没关系，我知道他们，他们的名字是人类。不仅个子矮小，还瘦弱，根本不是我们的对手。我们坚硬的皮肤也能抵挡住他们武器的攻击。"

但是，科鲁很快就发现，虽然他说的都是事实，人

❶语言描写

借织布鸟之口交代了故事发生的背景，即大象的领地遭到了人类的侵占。推动后文故事情节的发展。

类却能用一种名为箭的武器射中大象们的眼睛，从而杀死大象。人类为了开垦耕地火烧森林，而旱灾也已悄悄到来。① 这就意味着，大象们既要抵御人类，又要对抗饥饿和旱灾，转眼间，大象们陷入了绝境之中。

❶解释说明

点明了大象们的处境非常危急。他们将何去何从？设置悬念。

科鲁身为国王，必须带领大象们脱离困境，于是他对臣民们说："大家都知道，人类将我们逼到了如此境地，我们很难再在这里继续生存下去，这一片土地不再受到神明的庇佑。我们必须离开这里，跟随太阳的脚步，向着太阳落下的方向前进。为了安全，我们要避开沼泽地和人类的领地。虽然我们数量很少，但每一头大象都比十只猴子加起来还要强壮，我们一起行动一定能渡过难关。但是，请大家牢记，这里永远都是我们的故乡。就算我们在目的地建立了新的家园，我们在每一年雨季开始后的第一个月都要回到这里，回到我们的故乡。这样，我们的后辈才不会忘记这里，而我们当中濒临死亡的同伴们也能回到故乡来度过最后的时光。"

于是，大象们踏上了征程。因为他们身强体壮，所以所到之处树木折断、农田尽毁、村庄不复，人类也因此深刻地认识到了大象的力量。

❷点题

解释了大象墓地是怎么回事，同时与实际相结合，增强了文章的说服力和故事的合理性。

虽然这个故事发生在很久之前，但是一直到现在，大象们都会在特定的时间回到故乡。这样，年轻的小象就知道了故乡的样子，濒临死亡的老象也能在故乡度过最后的时光。② 所以，我们平时在森林中看不到大象的尸体，是因为他们在临死前回到了桑咕噜河边，回到他们祖先死去的地方，那是一个人类不曾知晓的神秘的大象墓地。

精华赏析

这篇故事解释了大象们的迁徙习性，突出了大象们怀恋故土的情怀。通过故事中对大象的语言和动作描写，读者可以看到大象纯朴、坚强、热爱故土的勇士形象。

延伸思考

1. 人类为什么要侵入大象的王国？

2. 为什么大象在每年的雨季都会出现？

相关链接

这篇故事赋予了大象人性。在故事中，作者站在大象的角度，批判了作为侵略者的人类。对比人类的形象，故事中的大象更显勇敢、团结。

不许带一粒微尘

名师导读

埃塞俄比亚皇帝盛情款待欧洲学者，还派人送他们上船回国，送行的人竟然脱下了学者的鞋子，把鞋底擦得一尘不染，他们为什么要这么做呢？

据说，以前两个来自欧洲的学者，为了更详尽地掌握埃塞俄比亚的国情，游遍了整个国家，包括每一条河流、每一座山脉、每一条道路，甚至每一个角落，并且将这些按比例全部画在了地图上。

皇帝知道这件事情后，派遣一个人跟着他们。

①他们经过几年时间的考察，终于绘制好完善的地图，打算离开埃塞俄比亚。跟随他们的人回到亚的斯亚贝巴向皇帝复命："这几年，他们记录下所有的见闻，探究尼尔河是如何从塔纳湖里流出来的，勘测山里是否有金矿和银矿，把走过的看过的，无论大小的路都画到了地图上。"

皇帝听了后想见他们，于是派仆人去请他们。

❶叙述

两位学者的考察已经结束，即将离开，引出下文。

58

皇帝对他们既礼貌又客气，又是设宴又是送礼，还派专人为他们送行。

当他们在海边要乘船离开时，送行的人做了一件匪夷所思的事：①先是请他们停下来脱下鞋子，然后用刷子把他们鞋底下的泥土小心翼翼地刷掉，最后把鞋子还给他们。

"你们怎么有这么奇怪的风俗？"欧洲学者诧异地问道。

"陛下祝你们在回家的路上一切顺利，并且有话让我们转达：②你们自遥远且富裕的国度而来，亲眼所见埃塞俄比亚美丽的国土。我们世代在这片土地上繁衍生息；我们在土地上耕种建设；在土地上安葬亲人的遗体；在土地上休息、放牧。你们游览过的山川、原野和林间小路，都是我们一步步踩出来的。我们视埃塞俄比亚的土地为至亲的人，是我们的父母和我们的兄弟。我们很乐意盛情款待你们，赠送美好的礼物给你们，③但是我们绝不让你们带走一点尘土，哪怕是你们鞋底下的一粒微尘，因为埃塞俄比亚的土地比我们的生命更加珍贵。"

❶动作描写

"请"字体现了对客人的尊重，"小心翼翼"体现了对土地的热爱。这一连串的动作既不失礼仪，又维护了祖国的尊严。

❷语言描写

委婉的话语，既给学者留了颜面，也给出了善意的提醒。

❸语言描写

语言铿锵有力，向学者表达了埃塞俄比亚人会用生命捍卫国土的决心。

精华赏析

　　故事最吸引人的地方是皇帝的每一个决策，他派人跟着学者，盛情接待学者，派人送学者离开，用强有力的方式告诉学者埃塞俄比亚的土地神圣不可侵犯，体现出皇帝的威严和智慧。

延伸思考

1.两位欧洲学者来埃塞俄比亚的目的是什么？
2.皇帝为什么派人跟着学者？

相关链接

　　本文中的两位欧洲学者，来埃塞俄比亚考察，了解了很多情况。皇帝看出了他们的意图，但并没有采取直面相对的方法，而是通过一系列的决策，最后让两位学者惊讶和羞愧，以达到告诫他们的目的。由此说明了，解决矛盾不一定要针锋相对，可以利用智慧，既不失和气，又达到自己的目的。

让人变疯的雨水

名师导读

　　智者预测将会下一场黑色的雨，雨水可以让人变得疯癫。为了能够躲过灾难，智者向皇帝提出了一个办法。这是一个什么办法呢？这个办法能奏效吗？

　　很久以前，一个皇帝和一个智者生活在一起，他们一起吃饭，一起讨论近期发生的事情，预测可能会发生的事情。他们生活惬意、身体健朗。

　　①一天，他们正在吃饭，智者却闷闷不乐，不停地唉声叹气、食不下咽。皇帝被吓坏了，着急地问："怎么不吃了？没胃口？"

　　"唉！唉！"智者连叹两声，像是有心事。

　　"你是不是不舒服？生病了？"皇帝越来越着急。

　　"我没病，挺好的。"

　　"那你叹什么气？"

　　"唉！"智者又叹气。

　　皇帝有些不耐烦，生气地说："你快说呀，为什么

❶叙述
　　有转折的作用，暗示他们平静的生活将被打破，引人思考。

61

叹气？"

"唉！"智者叹口气，接着说，"灾难日就要来了！"

❶ 语言描写
皇帝尽力掩饰内心的紧张，体现出他胆小、怯弱的特点。

① "什么，灾难日！请全部告诉我，到底是什么灾难。我已经做好心理准备。"

"我们度过了和谐美好的三年，但是接下来的三年就是灾难年。到时候会下一场有毒的黑雨，就像给所有的水源投毒一样。这种毒会让包括人在内的所有生物变成疯子。"

❷ 语言、动作描写
讽刺了皇帝的懦弱无能。

听完智者的话，② 皇帝太悲伤了，他呼天抢地，悲痛地叫道："这是神的旨意，它要惩罚我们，我们该如何是好？"

智者想出来一个好办法："神给我指了一条明路，将灾难日的预言公之于众，通知百姓挖坑储水，灾难日来临时可以保命。"

皇帝按照智者的方法，让百姓知道了灾难日的预言，下令全国民众挖坑储水！

只有老人和胆小的人相信皇帝的话，并且存储了水。绝大多数人却对此嗤之以鼻，说："灾难日，可笑！什么灾难我们都不怕！深宫中无所事事的人，就知道说一些危言耸听的话，难不成他们见过神？"

❸ 叙述
表现了皇帝对灾难极度害怕的心理。

③ 皇宫里挖了很多深坑，储满了干净的雨水，加盖上锁。

灾难日终于来了。

黑雨又稠又臭，下满了所有小溪、湖泊和河流，只要是喝了毒水的人都变成了疯子，这种疯病在全国蔓延。

得了疯病的人乱跑乱叫，他们把木盆当鼓，管子当笛子，很多人拿着这样的"大鼓"和"笛子"，在大街上敲鼓、吹笛子，不分昼夜地疯闹。

全国绝大多数人得了疯病，皇帝和智者只能看着他们疯闹，却束手无策。①人们都不好好做自己的事情，商人不经商，官员不理政务，农民不种地，子女不尽孝。更严重的是，老熟人形同陌路，彼此漠不关心。社会毫无秩序，所有的规定、法律如同虚设。

后来疯闹的形势越来越严峻，很多疯人冲向了皇宫，他们想要看看皇帝。他们在皇宫门口大声嚷嚷：②"皇帝什么也不做，就会说疯话，整日游手好闲。"

"皇帝快出来吧，让我们看看你的模样。"

皇帝被外面浩大的声势吓坏了，令人紧锁宫门。这可把疯人们逼急了，他们的阵势越来越凶猛，抱起石头砸向了宫门。

皇帝坐立不安，生怕被疯人杀死，向智者大喊："快！快！快！想想办法，不然我们会死掉的。"

"尊敬的陛下，我们现在只有一种办法了，只要我们和他们一样，就不会被伤害了。所以我们也要喝毒水。"

"可是皇宫里面没有那种水，宫外都是疯人，怎么

❶排比

描写了疯病出现后的社会现状，突出疯病对社会的破坏性之大。

❷语言描写

在疯人眼里，他们都是正常人，像皇帝一样没有疯的人才是疯子。

得到那种水呢？"

① 智者让一个小孩从皇宫的后门出去，装来一壶毒水给皇帝喝。宫里面的人把这水当作救命水一样，疯狂地抢夺着喝。皇宫里面的人也都变成了疯子，皇帝也不例外，还跳起了奇葩的舞蹈。他甚至忘记自己刚刚下达的关门的命令，在宫门口大声喊道："是谁把门关上的？赶紧开门！"

宫门打开后，皇帝跑出宫去，混进了疯人群中，大声喊道："朋友们，尽情享受皇宫的一切吧！"

疯人们相互传递着一个消息：皇帝以前疯了，现在和我们一样，他的病好了！

② 灾难最终还是过去了，社会恢复以往的秩序，人们各就其位、各司其职，一切都恢复正常。

有一天，皇帝和智者像从前那样一起用餐，智者骄傲地说："在满是疯人的灾难日里，我比你更聪明。"

"不对，我更聪明！"皇帝不服气。

③ "若不是我想出好办法，我们已经被那群疯子杀死了。"智者也不认输。

"即便如此，如果我不采纳你的意见，我们也死掉了。所以，最后还是我更聪明些！"

就这样，他们恢复了以往的生活，一起吃饭，一起讨论最近发生的事，预测将要发生的事，直到死去。

❶动作描写

颇具讽刺意味，皇帝为了保命不惜变成疯子，令人捧腹大笑。

❷叙述

挖坑和不挖坑的结果一样，皇帝和智者做的一切都是徒劳，体现了皇帝的愚昧无知和毫无主见。

❸语言描写

智者没有领悟到他的办法就是一场闹剧，用与不用结果都一样，体现了他的愚不可及。

精华赏析

这是一个讽刺性极强的故事。智者和皇帝开始想办法避开有毒的雨水，最后却想办法喝它，竟然还争论谁更聪明，简直是两个愚不可及的人。通过这个故事，我们知道了看问题不能太局限，应该站在局外者的角度去思考。

延伸思考

1. 你觉得智者和皇帝，谁更聪明？
2. 皇帝变成疯子保住了性命，你觉得这样做好吗？
3. 老人和胆小的人相信皇帝，为什么？

相关链接

本文讲述了皇帝和智者如何应对灾难日的故事。文章用大量的语言描写，体现出皇帝的胆小和愚蠢，揭露了智者看似充满智慧，实则愚不可及的本质。故事批判了那些为了保全自己，不惜把自己和疯子同化的人。

红树枝和绿树枝

名师导读

憨厚老实的农民被老婆赶出了门，除非他找到叫"啊"的宝贝，不然就永远不准回家。农民踏上了找"啊"的路，他能够找到"啊"吗？"啊"是什么？

有一个非常憨厚老实的农民，他有一个非常漂亮的老婆，他很爱老婆，对老婆言听计从。

农民经常给村长干活，把村长当朋友对待，即便他知道老婆和村长关系暧昧，也没有揭穿他们。因为他太爱老婆了，不想失去她。

有一天，农民借来村长的牛耕地播种，可是播种到一半发现没种子了，他只得停下来回家拿种子。农民进门后大声喊道："老婆，快拿种子给我啊，带去的不够用，牛还在地里呢！"

当时村长正在农民的家中，农民突然回来让老婆恼羞成怒，对农民恶语相向："你是自己没长手呢，还是不知道种子在哪儿？自己拿去！"

读书笔记

66

"啊！我错了，自己拿！"农民边说边取种子，又大步流星地到地里播种去了。

①憨厚老实的农民对老婆是那么地好，多次在家里撞见村长，却反而被老婆训斥，他即使生气也不跟村长吵架，不跟老婆离婚。

农民离开后，村长劝农民的老婆离婚，他说："你跟了我，我给你穿金戴银，你想要什么都有。你那愚蠢的丈夫什么都给不了你！"

②"我不离婚！"她回答说，"我丈夫很听我的话，我是女主人，我想做什么他都随我。"

村长诡计多端，想出了一个让农民夫妻吵架离婚的主意，他说："你丈夫刚刚说了'啊'，它可是非常稀有的宝贝，你让他给你找一个'啊'来。"

她信以为真，晚上农民一回家就冲他发火，还说了很难听的话。农民实在忍无可忍了："闭嘴，你跟村长的那些破事我都知道了！真想揍你一顿！"

③"有本事就揍啊！"她的眼珠子都快瞪出来了，谩骂道，"你就是一窝囊废，有本事给我拿个'啊'来！"

农民顿时蒙了，不知道老婆在说什么。

"是你拿种子的时候自己说的'啊'，难道忘了吗？我都知道了，'啊'是稀有的宝贝，你赶紧给我找去，找不到就离婚……"老婆叽里呱啦地训了农民一通。

"我……我去哪里找'啊'呢？"农民结巴地说。

❶叙述

农民老实懦弱的性格让村长和老婆更加肆无忌惮，为下文埋伏笔。

❷语言描写

老婆不离婚是为了享受女王般的待遇，而不是爱丈夫，体现出她的贪婪和无耻。

❸语言描写

体现出女人不知羞耻、嚣张跋扈的特点，同时为找"啊"做铺垫。

"那是你的事，赶快滚出去，找不到就别回来！"老婆把农民推了出去，立马把门关上了。

天快黑了，农民在路上找"啊"，却完全没有头绪。他遇到一件想不通的事：一个农民给两头公牛上套，一头很温顺，一头很倔强。[①]倔强的公牛躺着不愿起来，农民却用鞭子抽温顺的牛。

❶动作描写

说明了"人善被人欺，马善被人骑"，暗指做人不能太懦弱无能。

他觉得很奇怪，就停下来问：

"你好，请问你为什么不打躺着的牛，反而打温顺听话的呢？"

"不要多管闲事，管好自己吧！"那人说。

[②]天黑的时候农民找到一户人家寄宿，晚饭和主人一家一起吃了面包和乳浆，他们家的狗吃的却是乳渣夹面包。农民百思不得其解，只好问主人："你们为什么给狗吃这么好的食物？"

❷叙述

介绍了"狗吃人食"的奇怪现象，意指动物之间、人之间都存在不公平，就像农民和他的老婆。

"和你无关，做好自己的事情！"主人说。

天一亮农民就开始赶路，继续找"啊"。

天又黑了，农民在大树前看到了一个年轻人。年轻人问候了农民，问他要去哪里，需要什么帮助。

农民把他找"啊"的事情全部告诉了年轻人，年轻人很认真地听完了，邀请农民去他家休息，还说：

❸语言描写

老大指点农民找"啊"，可见他是一个充满智慧的人。

[③]"我是家里的老大，有两个弟弟，三弟满头白发。你今晚在我家休息，明天去二弟家，后天去三弟家，之后你就可以找到'啊'了。"

农民跟随老大进了家，主人对妻子说："他是我的客人，弄点好酒好菜，给客人倒杯水。"

"很欢迎您的到来，请坐，稍等！"妻子很客气。

她很麻利地端来热水，迅速弄好丰盛的晚餐——最好的面包和焖肉。

次日，老大对农民说："我老婆很贤惠，我们生活很顺心，我没有什么忧虑，所以头发没有白。今晚你去我二弟家睡觉。"

到了晚上，老二把农民接到自己家，对妻子说："今晚有客人留宿，你准备吃的，倒杯水来。"

① "真寒酸！怎么没被鬣狗吃了！"妻子很不耐烦地回答。

❶语言描写
说明妻子对丈夫不体贴，夫妻关系不好。

她虽然弄好了晚餐，但是嘴里一直絮絮叨叨的。

"快，我们要喝酒，拿来！"主人说。

"你煮酒了吗？没有！"她有点抱怨。

天亮后，老大问农民昨晚过得如何，农民如实相告。

"嗯，我都知道了，今晚去我三弟家，明早我们再聊聊。"

当天晚上三弟把农民接到他家，对妻子说："今晚有客人，准备点吃的。"

② "哟，怎么没被鬣狗咬死，还带一个混吃的。你有什么给他吃呀！"妻子很不客气地说道。

❷语言描写
写出了妻子泼辣、蛮横的性格。

她双手交叉直接坐下来，坐了很久才慢吞吞地把锅放在炉灶上，可是已经过了晚饭时间。

"饿死了，怎么还没弄好？先拿酒喝着。"三弟说。

"你又没煮酒，喝什么喝呀！"她的态度很恶劣。

三弟很生气，拿起棍子就追着妻子打，还砸坏了家里的坛坛罐罐。就这样，所有的人都饿着肚子睡觉。①通过这件事，农民发现有的人过得比他还凄惨。

❶解释说明

见过不同人的生活，农民眼界开阔了，心理也发生了变化。

第二天一大早他就来到了老大家里，把昨晚的事情说了一遍。

"我三弟经常和妻子吵架，头发都白了。二弟也不例外，家庭不和睦。我就不一样了，老婆贤惠，我过得舒心，显得年轻。所以呢，不要被老婆牵着鼻子走。为了找'啊'东奔西跑，值得吗？你是一个善良的人，东边树林的隐士可能会告诉你'啊'在哪里，去吧！"老大听完农民的话说道。

农民来到树林见到了几个隐士，他把自己的情况如实告诉了隐士。

❷语言描写

介绍了红、绿两根树枝的用法和用途。这和"啊"有什么关系呢？引起读者的阅读兴趣。

其中一个隐士递给他两根树枝，并说：②"拿着吧，这根红色的树枝有魔法，可以把人变成动物。用它打一下人，说'变猴子、变狗或者变驴'，那人就会变成你说的动物；绿色的树枝可以让那人恢复原貌，变成人。你还想要'啊'吗？"

"不用了，谢谢，我知道做什么了！"农民接过树枝，马不停蹄地赶回家。

①他来到家门口，把绿色的树枝藏起来，走进屋子。老婆看都不看他一眼，上来就问找没找到"啊"。

"找到了，找到'啊'了！"他回答说。

"还不快给我！"她有些不耐烦了。

农民把红色树枝递给她，她嘲笑说："你傻，我可不傻，这种树枝到处都是！拿着你的树枝滚蛋！"

"这是有魔法的树枝，你用它打一下别人，说变什么动物，就会变成什么动物。如果想让他变回人形，就再打一下。"农民还强调说，"你把它藏好，千万不要让人发现。"

农民说完就去地里干活了，村长像以前那样来到了农民的家里，他迫不及待地问农民的老婆：②"你那愚蠢的丈夫找到'啊'了吗？"

"是的，找到了！"她回答道。

"这不可能！"村长不相信有"啊"这种东西。

她把红色的树枝拿出来给他看，想要说服他。

"哈哈哈，这不就是很普通的树枝吗？"村长嘲笑道。

女人忙解释说："这可不普通，它有魔法呢！用它打一下别人，那人就会变成你说的东西，再打一下那人就可以变回人形。"

③"我不信，要不我来试试，真能变我就信！"村长漫不经心地说着，边说边坐下。

女人用树枝在村长的身上打了一下，说："变成

❶动作描写

农民藏起绿色的树枝，必然有所打算，提升读者的阅读兴趣。

❷语言描写

说明村长对农民的藐视，以及他是一个非常自大的人。

❸语言描写

表现了村长的自大，为下文他变成猴子做铺垫。

71

猴子！"

话音刚落，村长就变成猴子蹲在椅子上。女人有点紧张，赶紧又用树枝打猴子，嘴里说着："变回人形！"

可是并不奏效，女人越来越紧张了，又用树枝打了一下，仍然没有变化。她不停地抽着猴子，越紧张抽的力气越大，猴子疼得上蹿下跳，还大声号叫着。

①动作描写
村长是一个外强中干的人，连一只狗都不如。

①一只狗听到了猴子的叫声，立马冲它扑去，猴子吓得逃走了。

几个正在耕田的农民看见猴子，用鞭子驱赶，女人的丈夫也拿起鞭子抽它，还大声说："这该死的畜生，打死它！"

后来，猴子被耍猴的人抓走了，每天被主人打，还要耍把戏为主人挣钱。

精华赏析

一个憨厚老实的农民，经历一场寻"啊"之旅，看过不同的人生后，学会了变通，给无耻泼辣的老婆上了深刻的一课，也让无耻自大的村长付出了惨痛的代价，表现出人类无穷的智慧。

延伸思考

1.试分析农民老婆的性格特点。

2.农民为什么要把绿树枝藏起来？

3.读完这个故事，你觉得"啊"是什么？

埋藏在地里的金子

名师导读

有一位很富有的老人，在地里埋了很多金子，说是死后留给孩子的财产。可是老人死后，孩子们在地里翻了个遍，连一块金子的影子都没见着。这是怎么回事呢？

有一位有钱且大方的老人，他有七个儿子。他们一家过着锦衣玉食的生活，其中最聪敏的是大儿子。

① 老人每天都会杀一头牲畜，请邻居一起享用。朋友为此很担忧，对老人说："你的钱应该留给自己的儿子，而不是给外人花掉。"

老人很淡定地说："不用担心，留再多的钱也没用，他们得自己有本事才行。更何况我给他们各买了一块良田，还在里面埋了金子。"

后来朋友相继去世，老人也跟着去了，一分钱也没有留下。儿子们安葬了老人后非常着急看遗嘱，足足等了四十天遗嘱才按照老人的遗愿公开了，遗嘱这样写道：

❶叙述 ⋯⋯⋯⋯⋯⋯
老人请邻居吃肉，体现出他慷慨大方的性格。

"孩子们，我在你们的地里埋藏了金子，匣子里面放了留给你们的钱。"

❶语言描写

老人留遗产的方式很特别，认真琢磨就会明白其中的苦心，体现出老人心思缜密。

儿子们迫不及待地打开匣子，发现里面根本没有钱，只有一张写着"冷静思考，多动手脚，留给我亲爱的孩子们"的羊皮纸。

这是什么意思呢？其中一个自以为聪明的儿子解释说："想多了会变得怕冷，挖金子要很多人帮忙。"

这种解释更让人难以理解。

❷解释说明

老大识破却不说破，表现出他大智若愚、思虑长远的特点。

儿子们很沮丧，幻想着匣子里有钱。②当然，老大除外，他是一个非常聪明的人，他理解父亲羊皮纸上的话。

他们把希望寄托在金子上，一致决定去地里挖金子。

起初他们只在某个地方挖，不见金子，后来所有的田被挖了个底朝天，还是没有找着金子，因此他们变得更加沮丧。

老大早就猜到没有金子，却还是跟着其他兄弟一起挖金子，以免兄弟间产生误会。他知道"冷静思考，多动手脚"的意思是遇事要冷静，多动脑筋，勤劳务实，这样才能挣钱；"金子埋在地里"意思是要他们兄弟几人勤翻土地，好好种庄稼。

❸叙述

老大因地制宜，充分利用土地的优势赚钱，体现出他的聪明才智。

两次空手而归让其余的六兄弟失去了希望，他们想离开家乡，到城里谋生，给城里的老爷干活。

③老大充分利用被挖过的地，一到播种的季节就种

上了大麦，又把兄弟们留下的土地租给了农民，收取租金。到了收割季节，他收获了很多的粮食。紧接着他继续播种收割，同时扩大耕地。

"庄稼就是父亲藏的金子，唯有勤劳种植才可能致富，再多的金子揣着也难安。"老大这样想着。

老大用自己的智慧和勤劳，成了和父亲一样有钱又慷慨的人，受到了人们的敬爱，名扬四海！

其他六兄弟却过得很凄惨，他们从小只会享受，没有谋生的技能。他们徒有外表，做起事来一塌糊涂，在城里的老爷家干了没几天就被赶走，最后只能流落街头。

①他们衣衫褴褛、饥寒交迫，还受尽白眼。最后他们决定找大哥求助，一起返回了家乡。

❶叙述
突出了兄弟们窘迫的生活状态，和老大形成鲜明的对比。

大哥见到他们几个差点就认不出来了，问道：

"你们想要什么，我能帮你们什么？"

他们把自己的遭遇一五一十地告诉了大哥，兄弟七人终于团聚。②大哥好好接待了他们，给他们食物和水，为他们换上干净暖和的衣服，向人们介绍他的兄弟。

❷动作描写
大哥不嫌弃落魄兄弟，说明他是一个善良又有责任心的人。

六兄弟很敬爱大哥，他们和睦相处，向大哥学习，通过自己的勤劳也变成了有钱人。七兄弟的事迹也成为人们津津乐道的话题。

从此以后，七兄弟好得跟一个人一样。他们父亲的遗嘱也成为人们奋斗的金玉良言。

精华赏析

　　文章讲的是一个通过自己的勤劳和智慧致富的故事，同时告诫人们有钱不能忘本。老人是这个故事的灵魂，他有钱、慷慨、充满智慧，告诉所有人不劳而获的东西不会长久，只有清醒的头脑和勤奋的双手才能创造自己想要的生活。

延伸思考

1.读完故事，分析老人为什么要"诓骗"儿子。

2.老大和其余六兄弟的生活为什么会有天壤之别？

3.老人有没有留钱给自己的儿子？

相关链接

　　这个故事集趣味性和哲理性于一身。六兄弟为得到金子全力以赴挖地，读起来很有趣，让人忍俊不禁，体现了它的趣味性。老人为了让孩子们明白智慧和勤劳相结合才能安身立命的道理，煞费苦心，体现了它的哲理性。

吝啬鬼和穷人

名师导读

吝啬鬼财主和穷人是邻居，穷人向财主借钱被拒，还被财主羞辱了一番。后来穷人把财主的积蓄全部偷走，还气死了财主。穷人是怎么偷走财主的财宝的呢？

从前，有位全国最富有的财主，他家隔壁住着一个穷人。闹饥荒那年，穷人饿得连饭都吃不上，想问财主借钱，请求道：①"善良的财主，请借给我两个马克好吗？我很快就还给你。"

财主是个吝啬鬼，非常鄙视地说："死穷鬼，你拿什么还？还不快滚开！"

后来穷人生病了，躺在床上悲苦地叫着："哎哟喂，我的眼睛疼得要命，什么都看不见，活不了多久了！"

邻居都很同情他，纷纷来他家探望，看着他眼珠子一动不动，大家都以为他是真的瞎了。这个消息很快传到了财主的耳朵里，他碍于面子也来探望穷人，故作善良地说：②"好兄弟，我对你的遭遇深表同情，愿上帝

❶语言描写
穷人客气中带有谄媚，体现了他的聪明；财主粗鲁无礼，体现了他的自大。

❷语言描写
财主假装善良去看望穷人，体现出他爱面子又极度虚伪的特点。

保佑你！"

"只怪我命薄啊！"穷人摇头说，又轻轻告诉财主有秘事相告。

❶语言描写

穷人故意说好话获取财主的信任，体现出他既聪明又狡猾的特点。

财主支走了其他的人后，穷人拉着财主说：① "您是最富有、最慷慨、最德高望重的人，绝不会觊觎别人的财物，我相信您胜过自己，所以我才把这么重要的秘密告诉您。"

穷人把财主拉得更近，放低声音接着说："知道我的眼睛为什么看不见吗？我命薄，让金子的光给刺瞎的。前几日我在挖地时无意间发现一个存金子的地窖，满窖的金子发出耀眼的金光，刺瞎我的双眼。我家徒四壁，没地方藏金子，想让你帮我保管。万一我死了，金子全归你，反正我孤寡一人；如果我有幸活下来，还劳烦你再保留一阵，我用时再取。好心的邻居，请你帮帮我吧！"

❷心理、语言描写

"激动""着急"反映出财主想得到金子的心理，体现了他爱财如命和极度贪婪的特点。

② 财主听了很激动，着急地问："快告诉我，藏金子的地窖在哪里？"

穷人回答说："白天不方便，容易被人发现。等到了深夜，人们都睡熟了，我把金子装在袋子里，摸索着背到你家去。我敲三下门，你就打开。"

"好好好，我等你！"财主乐开了花，回家等着。

当人们都熟睡了，穷人背着满袋子"黄金"，发出铮铮的碰撞声，来到财主家门口。他敲了三下，财主开门了，他迫不及待地接过袋子，差点被沉甸甸的"黄金"压倒。①财主对眼瞎的穷人没有丝毫戒备，当面打开了存放财宝的暗箱，把装满"黄金"的袋子放进去了。他高兴地说："我这里绝对安全，没人知道这个暗箱，放心吧！"

穷人离开财主家后，很快又折回来，他的眼睛瞬间好了，应该说他的眼睛一直都没有瞎。他知道了财主存放财宝的位置，很快便将所有的财宝偷走，逃到了别人找不到的地方。

第二天，财主起床就想到了那满袋子的"黄金"，想看看有多少，到了地方却发现暗箱开着，财宝不翼而飞，只有穷人的满袋"黄金"。他打开袋子，里面居然是一堆破铜烂铁。

财主晕厥在地，不久后便生了重病，没多久就死了。

垂死之际，他把亲朋好友叫到身旁，有气无力地说：②"做人不能自私自利，更不能起贪心，不然就会像我一样，人财两空……"话还没说完，就断气了。

❶**动作描写**

财主引狼入室但却全然不知，体现了财主的愚蠢和穷人的狡诈。

❷**语言描写**

揭示了故事的主旨，有画龙点睛的作用。

精华赏析

　　这个故事中的财主是一个灵魂扭曲的人，他吝啬、伪善、自大，最后因自己的贪心丧命。从故事中我们懂得了：贪婪不仅能够吞噬人的灵魂，还能夺取人的性命。所以，我们在面对不属于自己的东西时，一定要保持清醒的头脑，记住"贪心不足蛇吞象"的道理。

延伸思考

　　1. 穷人为什么要偷走财主的财宝？

　　2. 穷人是如何偷走财主的财宝的？

　　3. 有人认为穷人偷走财主的财宝是一件大快人心的事，你赞同吗？请简述理由。

相关链接

　　这是一个讲述穷人装瞎盗取财主的财宝，财主痛失财宝后病重而亡的寓言故事。故事主要用了语言描写的手法，刻画了财主吝啬、贪婪，穷人聪明、狡猾的形象。这个故事告诫人们不要相信与自己不符的赞美，不要觊觎别人的好东西，不要把得失看得太重。

骗子遇见骗子

名师导读

两个臭味相投的骗子，都觉得自己骗术了得，想要骗到对方，可是经历了几场角逐都没有分出胜负，最后两人都死在自己的骗术下。他们到底是怎么死的呢？

从前，有两个自以为聪明的骗子，他们都很喜欢骗人。

一个骗子在装满牲畜粪便的罐子上层铺上薄薄的一层奶油，当作纯奶油骗人赚钱。一个骗子在装满泥巴的罐子上层铺上薄薄的一层蜂蜜，当作纯蜂蜜骗人赚钱。 ① 他们快到集市的时候，在同一棵大树底下坐着休息，就相遇了。

拿着"奶油"的骗子问："你罐子里面装的是什么？"

"满满一罐上等蜂蜜呢，准备拿到集市上卖。你的是什么？"

"我的呀，满满一罐上等奶油，也打算卖。正好我也要蜂蜜配药，要不咱们交换吧，多省事呀。"

❶叙述

两个骗子相遇，会擦出什么火花呢？引人入胜。

81

拿着"蜂蜜"的人乐开了花，心想："泥巴换奶油，不愿意是傻瓜，这人真蠢！"

❶语言描写

体现出骗子的贪心，表明骗子骗人要先取信于人。

①他爽快地说："可以，我还有很多这种蜂蜜呢，我也打算买点奶油，为嫁女儿做准备呢。"

卖"奶油"的人也非常开心，心想："这买卖太划算了，粪便换蜂蜜，不换是傻瓜。"两人交换了罐子，都迅速离开。

❷动作、神态描写

被骗还能"大笑"，引起读者的阅读兴趣，引出下文。

两人都乐坏了，为自己高明的骗术沾沾自喜。②卖"奶油"的骗子想尝尝蜂蜜，把手伸进罐子，弄了满手的泥巴，发现棋逢对手，居然大笑起来。卖"蜂蜜"的人也发现奶油底下全是粪便。

第二天，他们俩又在那棵大树底下遇见了。刚开始还相互责骂，差点要打起来。最后他们俩却和好了，不仅相互称赞对方聪明，还把家搬到一起，成了邻居。

他们俩打算去远方做生意，各自回家准备路上要用的食物。他们各怀鬼胎，都不约而同地让妻子在面粉里掺灰，做成饼子，还用白灰充面粉带在身上。他们都想占便宜，就这样上路了。

晚上，他们点燃柴火，打算煮稀饭吃。

❸语言描写

骗子巧言令色，想吃对方的面粉，体现出他的小聪明。

③一个骗子说："你的东西太重了，先煮你的面粉，明天用我的。"

另一个骗子说："我的不重，你的更重，先用你的，明天用我的。"

两人心知肚明，根本没有什么面粉，争了很久，都没有拿出来，饿着肚子睡了一晚。

天亮后，他们背着白灰继续赶路。到了晚上又争起来了，结果还是饿着肚子睡觉。

第二天，他们背着白灰继续赶路，继续争吵，挨饿。其中一人实在饿得受不了，打开装白灰的袋子，当成面粉倒进开水中。他故作无辜的样子，说：

"怎么回事？居然不是面粉，这臭婆娘太狠了！"

① 另一个人也把"面粉"倒进开水中，假模假样地说："都是一路货色，臭婆娘！"

他俩相互指责、嘲笑，空着肚子找吃的，经过了好几个村子，都不愿意拉下面子去讨要吃的，最终决定去偷。

② 他们首先看中了一群肥肥的绵羊，但放牧人很谨慎，他们无法下手。然后他们又想偷山羊和母牛，因为被看得太紧，偷盗失败。最后他们看中了农民的两头公牛，很快便想出了偷牛的法子：

其中一人设计引开农民，另外一人负责偷。成功偷走一头后，再想法引开农民，偷走另外一头。

一个骗子在山头上大声喊道：

"哎呀，不得了呀，快跑啊！"

农民以为有人被坏人追赶，一时将两头牛抛在脑后，拾起棍棒就朝骗子跑来，着急地问："发生什么了吗？"

❶动作、语言描写

骗子相互做戏，识破不道破，讽刺了他们自欺欺人的本质。

❷叙述

宁愿去偷，也不愿去讨要，体现了骗子不以偷窃为耻，反以此为荣的扭曲心理。

"我刚看见一个人牵走了两头公牛，万一公牛打架了，那人会被公牛撞死，太危险了。"

❶动作描写

表现出了农民悲惨的遭遇，突出了骗子可恶、可耻的行径。

①农民下意识地看了眼自己的牛，发现不见了一头，急忙下山去找。

骗子趁机将另外一头牛也牵走了。可怜的农民最后发现两头牛都被偷走了，伤心欲绝。

两个骗子牵着各自偷到的牛，在约定的地方碰面，决定在山洞里偷偷地把牛杀掉分肉。一个骗子想独吞两头牛，心生一计，说："我们分工合作，我在这里切肉，你去找火源，我们尝尝烤牛肉的味道，怎么样？"

另一个骗子很相信他，便同意了，很快就到农舍借到了火源。刚进洞口，就听见切肉的骗子惨痛地叫着：

❷语言、动作描写

骗子煞费苦心欺骗同伴，是一个贪婪、不讲信用的人。

②"哎哟，别打了，我一会儿就走，我朋友很快就来了。"他用棍子打着牛膀胱，装作被山贼殴打的声音。

借火的骗子很快识破诡计，装作真遇上山贼，扔下火把就回家了。

回家后他让老婆把自己装进盐袋子，说："把袋口系上，送我到邻居家，告诉他老婆这是我偷来的盐，等她丈夫回来一起平分，用来腌制山洞里面的牛肉。"

❸神态、动作描写

"高兴""藏"表现出骗子和妻子臭味相投，没有羞耻感。

③老婆拿着"盐袋子"来到邻居家，邻居的妻子非常高兴，把"盐袋子"藏在了床底下。

夜幕降临，切肉的骗子带回来很多的牛肉，叫上妻儿一起搬。

他还向妻子炫耀是怎样骗过借火的骗子，没想到他就在床底下，听得一清二楚。妻子将邻居送盐的事情原原本本地告诉了丈夫，随后打开"盐袋子"拿盐，突然手被邻居拽住，吓了一跳，惊慌失措地叫了起来："啊！有鬼呀！"

丈夫问道："是谁在里面装神弄鬼，快给我出来！"

"是你最好的兄弟，我！"邻居回答说。

"怎么？是你！"

他们识破对方的伎俩后大声笑了起来，又重新把牛肉分了。

第二天，两个骗子携带家人到草地野餐，带上了好酒、好肉。一个骗子见树洞有蜜蜂窝，想掏蜂蜜来吃，却惊扰了树洞里面的毒蛇，还被咬了一口，他捂住手惊叫一声。另一个骗子闻声赶来，问道："怎么了？发现什么了？"

① "我在这树洞里发现了金子，抓了一大块，以后什么都不做也能富贵一生，里面应该还有很多。"他捂住手，装作藏着金子。

"你再拿一个出来看看。"

"没门，你以为很容易吗，想要自己掏。"

② 另一个骗子果然把手伸进了树洞，也被毒蛇咬了，大声骂道："死骗子，没有金子，是蛇！"

最后，两人一起中毒而亡。

✎ 读书笔记

❶语言、动作描写

骗子惟妙惟肖的表演，体现出他的自私和恶毒，心理扭曲到无可救药的程度。

❷语言描写

"死骗子"意味深长，骂同伴的同时连带自己一起骂了，他们都是该死的骗子。

精华赏析

　　这是两个贪婪、自私的骗子相互欺骗的故事。他们本身是骗子，却又轻易相信同为骗子的朋友；他们欺骗朋友，却认为朋友值得信赖；他们都觉得自己是聪明的骗子，其实都愚不可及。

延伸思考

　　1.请简述两个骗子相识的过程。

　　2.请列举骗子自欺欺人的例子，并加以分析。

　　3.对两个骗子相同的死法，你有何感想？

相关链接

　　这是一篇颇具讽刺意味的故事，采用动作、语言、神态等描写手法，刻画了两个骗子贪婪、自私、自欺欺人的形象。告诉我们真心换真心、谎言换谎言的道理。

聋子和聋子打官司

名师导读

　　聋子男人和聋子女人由于沟通障碍，产生误会闹到了法庭上，正好法官也是一个聋子。三个聋子遇到一块儿该怎么样打官司呢？结果会是谁赢呢？

　　一个聋子男人正在找走丢的羊群，看到一位背着婴儿锄地的女人，上前问她有没有看见羊群。

　　谁知这位女人也是聋子，她根本听不见，以为男人说："你的这块地有多大呀？"

　　①女人便指着地的边界说："边界在那边。"

　　男人以为她指的是羊群的方向，说："谢谢，等我找到了，就把那只瘸腿的羊送给你！"

　　他顺着女人指的方向去了，果然找到了羊群。他把瘸腿的羊牵到女人面前说："谢谢你，我找到羊了，这只瘸腿的羊送给你，算是对你的报答。"

　　女人以为他是来找麻烦的，怪她打断了羊腿。女人很生气："和我无关，不是我干的。"

❶动作、语言描写

　　表现出女人不懂装懂的心理，体现出她的糊涂。

87

男人以为女人嫌补偿不够，也生气了，去法官面前告她。

法官问："你们有什么矛盾？"

男人和女人都按照自己的理解陈述了一遍。

① 心理描写
法官把自己的无端猜想当成事实，体现出他做事不严谨、愚昧无知的特点。

① 法官听了他们的陈述，看看女人背后的孩子，好像什么都明白了：原来这女子是在要抚养费啊。他对男人说："太不负责任了，看看孩子多像你，你就应该拿钱出来！"

其实，法官也是聋子，他所明白的都是猜的。

精华赏析

这是一个讲述聋人原告、聋人被告和聋人法官打官司的幽默故事。虽是个消遣的幽默故事，却蕴含了深刻的道理：似懂非懂比完全不懂的后果更严重。告诫人们不要把自己的臆想当成事实，更不能传播这种脱离实际的"事实"。

延伸思考

1. 简述故事的误会是怎么产生的？

2. 你觉得三个聋子中，谁是最可笑的那一个？

3. 读了这个故事，你有什么感受？

愚蠢的老婆

名师导读

男人有一个非常愚蠢的老婆，老婆被骗子三言两语骗走了家里的财物，男人发现后骑上毛驴快速追去。他能够抓到骗子，拿回属于自己的东西吗？

从前有一个男人，娶了一位让他很头疼的愚蠢老婆。一天，他数落老婆愚蠢的话被一个路过的骗子听到了，骗子想利用这点行骗。男人前脚刚出门，骗子后脚就来到他家门口，乞求施舍。愚蠢的老婆问：“老人家，你从哪里来？”

“我是上天派下来的。”骗子回答道。

① “哦，那你在天上见过我的父母吗？我好想他们。”

“当然，我跟他们很熟，你有话带给他们吗？”

愚蠢的女人信以为真，向他打听父母的情况。骗子说：“他们身体好，但是现在天上闹饥荒，他们过着食不果腹、衣不遮体的生活！”

❶语言描写
老婆轻易相信荒唐的谎话，体现了她的愚昧无知。

女人听了很担心，便回屋把家里的部分衣服、干粮和钱打包起来，递给骗子，说："麻烦您，将这些带给我的父母，希望他们能渡过难关。"骗子把包裹放进袋子就走了。

男人回家后，女人把所有的事情都说了，他对女人的愚蠢感到难以置信，① 忍住愤怒的情绪问："他朝什么方向走了？"女人指了指骗子离开的方向，男人骑上驴子追去。

❶语言描写
　暗示了男人下一步的行动，体现了他急躁的性格。

当男人快要追上骗子的时候，被狡猾的骗子察觉了，骗子躲进了树林子，藏好袋子，乔装打扮一番，拿起一根棍子，装成瘸子走上大路。男人问"瘸子"："老人家，请问有没有看到一个背袋子的人。"

② "看到啦，那人好像很慌张，跟他说话，他都不搭理人。"

❷语言描写
　骗子抓住男人的心理，不逃走反跟男子斗智，体现出他胆大、狡诈的性格。

"去哪儿了？"

"往前面走了，下山了。""瘸子"指着相反的方向。

"老人家，您帮我照顾一下这头毛驴，等我回来可以吗？"男人请求道。

"瘸子"故意装作不情愿的样子，说自己腿脚不便，害怕毛驴的叫声。男人说了很多好话，还告诉他驴子很温顺。"瘸子"这才勉强答应，说："我的名字是阿巴·雅胡努·阿巴斯，你快点，我赶时间。"

❸叙述
　骗子连环行骗，男子毫无察觉，体现了男子的愚蠢和骗子的狡猾。

③ 男人朝下山的方向追去，骗子原形毕露，取出藏

好的袋子放在驴背上，牵着驴子走了。

男人什么都没有找到，返回和"瘸子"碰面的地方，发现毛驴和"瘸子"都不见了，喊"瘸子"的名字无人应答，这才恍然大悟——"瘸子"是骗子乔装的。

男人伤心地回到家里，亲朋好友都来问情况，他把整个事情的经过说了一番。有的人嘲笑他和老婆一样愚蠢，有的人说他愚蠢的程度比老婆轻。男人觉得颜面尽失，生气地对老婆说：① "这都是因为你太蠢了，你要是有一颗聪明的心就好了。"

骗子又听到了他们的对话，想到了另一个阴谋诡计：他乔装成商人的样子，趁男人不在家，来到女人家里。

骗子掏出一个鸡心，对女人说："这个鸡心可以让人变聪明，你要吗？至少一百银币。"

女人没有认出骗子，再一次相信了他的话，还真花一百银币买下鸡心。

② 女人把鸡心当项链一样戴在脖子上，觉得这回不蠢了。待丈夫回来后，她高兴地说："我有一颗聪明的心了！"

男人看到她脖子上的鸡心，怒从中来，问道："花了多少钱？"

"很便宜的，才一百银币呢！"

"你这愚昧无知的女人，让我家产尽散，颜面尽

❶语言描写

男子把自己和老婆的缺点暴露无遗，给了骗子可乘之机，体现了他的无知。

❷动作、心理描写

女人上当受骗还扬扬得意，说明她是一个蠢到无可救药的人。

失，沦为笑柄！"

男人越想越生气，拿起石头想砸碎鸡心，没想到却把老婆砸伤了。

这个故事说明了一个道理：愚蠢和草率是人的死穴。

精华赏析

第一次被骗可以理解为不小心，但是三番五次受骗，那就是蠢到家，故事中的夫妻就验证了这一点。这个故事告诉我们，骗子骗术再高总有漏洞，不妄想、冷静思考才能识破骗局。

延伸思考

故事中的夫妻为什么会被骗多次？

相关链接

本文讲述了草率的男人和他愚蠢的妻子被骗的故事，丈夫暴露他和妻子的缺点是受骗的根本原因，但他始终没有看透这一点，真是愚不可及。

兔子和野兽

名师导读

　　挖井的时候只有兔子不参加，井挖好后，野兽们轮班守在井口防止兔子偷水，可是兔子还是成功地弄到了井水，他是怎么做到的呢？我们一起来看看吧！

　　苏丹的领地非常缺水，他号召所有的野兽集合在一起挖井，大家都踊跃参加，只有兔子不愿意加入。这件事情传到了苏丹的耳朵里，他回答说："不管他，你们工作去吧！"

　　野兽们挖好了一口井，大家都用井里面的水。母兔见状，就跟兔子说："你不挖井，我们现在喝什么？"

　　①兔子一点也不担心，轻松回答说："去刚挖的井里打水！"

　　消息传到了野兽们的耳朵里，他们决定守好井，如果兔子打水就抓他走。

　　第一天，鬣狗自告奋勇地说："今天让我来守，我半分钟就能把他按倒在地。"他独自守着井。

①语言描写

　　兔子轻松的表现，体现出他的自信，同时为下文做铺垫。

❶动作、语言描写

兔子谎称路过，企图让鬣狗放松对他的警惕，体现了兔子的聪明。

❷语言描写

鬣狗禁不住诱惑，上了兔子的当，体现了他的贪婪和蠢笨。

❸对话描写

鬣狗撒谎反映出他的心虚，表现了他不诚实、爱面子的特点。

① 天黑时，兔子一手拿着空罐子，一手拿着装蜂蜜的罐子，来到井边，对鬣狗说："别激动，我只是从这里经过，不行吗？"

"行呀，快过去吧！"鬣狗回答说。

"我又不稀罕这井里的水，什么味道都没有，我的可不一样，可甜啦！"

"那让我尝尝你的水，可以吗？"鬣狗有点嘴馋了。

② 兔子爽快地滴了一滴蜂蜜到鬣狗的嘴里，鬣狗吃不够，叫道："再来一点，的确很甜。"

兔子狡黠地说："没问题，不过为了你的安全着想，需要把你捆在树上，以免你被甜得晕倒。"

"来吧，只要有甜水喝就行，捆的时候轻点。"

兔子把鬣狗紧紧地捆在树上，得意地说："现在该你给我水了。"他抄起树枝使劲抽打鬣狗，还从井里取走了水。

鬣狗傻傻地被捆在树上一整晚，直到第二天才被解救，野兽们纷纷问道："怎么狼狈成这副模样？"

③ "晚上有很多从这经过的野兽，我寡不敌众，被绑了。"

"有野兽吗？多少？"狮子追问道。

"很多，多到数不清！"鬣狗回答说。

狮子不相信鬣狗的话，说："不可能，你一定是被兔子绑起来的。"

"这样吧，今晚我来逮兔子，大家都回去吧！"狮子独自留在井边，其他的野兽都回城堡了。

狮子藏在井附近的灌木中，等着兔子出现，好逮个正着。

天黑后，兔子来到井边，敲着井说："取点水，行吗？"

狮子看到了兔子，也听到了兔子说的话，但什么也不做。

① 兔子接着说："我洗澡而已，不喜欢喝这井水，一点味道都没有，我的水可甜啦！"

狮子还是没有任何反应。

兔子放心大胆地去打水，狮子突然蹿出来，一下就抓住了兔子。

兔子吓哭了，说："我不要这井水，我的水是甜的，我才不稀罕这井水。"

② 狮子用命令的语气说："快，给我喝一点。"

兔子滴了一滴蜂蜜到狮子的嘴巴，狮子尝到了甜头还想要，说："再给我喝一点。"

兔子狡猾地说："这可不行，这种甜水喝多了会晕倒，为了您的安全，建议捆在树上再喝。"

狮子毫不犹疑地答应了，被兔子牢牢地捆在树上，说："可以给我喝了吧！"

兔子得意扬扬地说："你都被捆住了，我还会听你

❶ 语言描写

兔子说谎话打探情况，体现了他的胆大和聪明。

❷ 语言描写

狮子说话有强大的气势，体现了狮子的强势和自大。

❶动作描写 ·········

兔子两次成功后变得越来越大胆，表现出他骄傲和沾沾自喜的心理。

❷语言描写 ·········

兔子故技重施，反映出他侥幸的心理。

❸语言描写 ·········

兔子假装示弱，骗取苏丹的信任，表现出他的狡猾。

的吗？"

① 兔子打了井水，洗个澡就回家了。

狮子也被绑到第二天早晨，鬣狗看到大笑，说："是有很多野兽吧！"

狮子不好意思地说："唉，都怪我大意，竟被他骗了。"

这次，乌龟主动请求今晚让他来守。乌龟藏到了井底下，等着兔子。

夜深了，兔子果然来了，敲着井说："有人吗？"

乌龟无动于衷，兔子接着说："弄点水洗澡，可以吗？"

兔子装了点水，还想下到井里洗澡，一只脚刚踏进水里，就被乌龟死死地抓住。兔子哭着说：② "谁呀，快放开我！我有很甜的水，你想尝一下吗？"

乌龟不为所动，抓得更紧了。兔子的另一脚也伸进井里，又被乌龟抓住了。兔子使尽力气挣扎也没能逃脱，就这样到了清晨。

野兽们来了，把兔子押到苏丹面前。

"当初不挖井，现在偷井水，这是为什么？"苏丹问道。

"把我绑了吧，这样我就会死去。"兔子回答说。

苏丹下令把兔子捆了。

③ 兔子又说："不能用椰子绳，要用香蕉绳，然后在太阳下暴晒，这样死得快些。"

兔子被香蕉绳捆好后，放在太阳底下，晒了几个小时后，绳子发出咔嚓的声响。野兽们向苏丹说明情况，说兔子快要挣断绳子了。

兔子却悲惨地叫着："求你们放了我吧，我快死了！"大家以为兔子真的要死了，就对兔子放松了警惕。

最后，兔子使劲挣断绳子逃跑了，没有野兽能追得上他。

读书笔记

精华赏析

本文讲述了兔子三次偷井水后被抓，又成功脱身的故事。鬣狗和狮子因为贪婪和虚荣，受了兔子的骗，后来，乌龟不为兔子的花言巧语所动，终于抓住了它，但兔子却依靠自己的聪明和狡猾，成功地逃脱。

延伸思考

1.兔子三次用了同样的伎俩，前两次成功，第三次为什么会失败？

2.鬣狗和狮子从树上被救下来后，为什么要撒谎？

3.读完这个故事，你学到了什么？

相关链接

兔子从第一次取走水，到第二次打水洗澡，再到第三次下到井里洗澡，这一系列的变化，说明一个道理：人的欲望得到满足后，就会生出更多、更过分的欲望，直到被欲望吞噬。

聪明兔子的三个故事

名师导读

兔子照顾受伤的狮子，一只贪心的鬣狗借机离间兔子和狮子的关系，想除掉兔子。结果却是鬣狗差点被狮子咬死，这到底是怎么回事呢？

一

从前，一头狮子在树林里捕食猎物时发现了一群水牛，他心想："再也不用到处找吃的了，食物就在眼前。"[①] 他匍匐在地藏起来，等待猎物靠近。他很快锁定一头水牛，时机成熟就猛地扑上去。水牛并没有束手就擒，他们经过激烈的厮杀，狮子最后还是杀死了水牛，但他也受了很严重的伤。

经过这场厮杀，狮子几乎耗尽了力气，只好把水牛拖到树荫下休息。兔子从旁边经过看到了狮子，一眼便看出他不简单，礼貌地上前鞠躬，说："狮子大叔，早上好！"

兔子正打算离开，被狮子叫住了，说："等一下，

❶ **动作描写**⋯⋯⋯
详尽地描写狮子捕猎的过程，突出了狮子的凶猛。

我的好孩子，我受了点小伤，需要你的帮助。"

兔子停下来，狮子又接着说："看到这头水牛了吗？我的爪子被他弄伤了，你能帮我吗？"

① 兔子说："尊敬的狮子大叔，我都听您安排，我需要做什么？"

❶语言描写
兔子对狮子恭敬又客气，表现出他的机灵。

"你去把这头水牛处理一下，我要吃上等的牛肉。"

兔子按照要求把牛肉弄好了，他也想吃上等的牛肉，于是就偷偷地把好肉吃了，只给狮子烤了一些不好的肥肉。

狮子不乐意了，问道："怎么都是些不好的肥肉，上等的牛肉去哪儿了？"

② "狮子大叔，我不小心烤煳了，都扔了！"兔子轻松骗过狮子。

❷语言描写
兔子成功骗过狮子，得到狮子的信任，表现出他的狡猾。

狮子只好吃掉肥肉，吃饱喝足后，对兔子说："谢谢你，但是我还需要你，你能帮我烧水煮饭，直到我完全康复吗？"

"好的，狮子大叔！我绝不抛下受伤的动物。"

几天后，一只鬣狗经过时看到了狮子旁边的一大堆牛骨头，想要得到它们。兔子见鬣狗没有离开的意思，便上前问他有什么事。

鬣狗说："听闻狮子病了，我是来探望他的。"

兔子向狮子说明鬣狗的来意，狮子答应了鬣狗的请求。③ 狮子起身迎接鬣狗，主动问好，吩咐兔子为客人

❸动作描写
从侧面交代了兔子和狮子的关系。

准备吃的。

兔子对鬣狗非常了解，给他准备了很多的牛骨头和一些肉，鬣狗吃饱后，兔子还给他准备了水。鬣狗吃饱喝足后准备离开，恭敬地对狮子说："尊敬的大王，谢谢您的款待，我该回家了，以后再来看您。"

鬣狗并不满足这一次牛骨头大餐，心里琢磨着："狮子的生活是兔子在负责，只要我取而代之，留在狮子身边，就能得到全部的骨头。"

❶语言描写

鬣狗表面问候，实则心怀鬼胎，体现出他的狡猾。

①又过了几天，鬣狗再次来拜访狮子，关心地问："尊敬的大王，您的爪子好了吗？"

狮子回答说："还没完全好。"

❷叙述

交代鬣狗的真实目的，自然引出下文，这样可以使上下文衔接更紧密。

兔子和以前一样，为他们准备吃的，而且特意为鬣狗准备了很多的骨头，鬣狗吃得很开心。②饭后兔子去河边打水，鬣狗抓住和狮子单独在一起的机会，想要离间兔子和狮子的关系。

狮子问："你有什么神丹妙药，可以治好我的伤吗？"

鬣狗反问道："听说兔子有，他没有告诉您吗？"

"没有，他根本不会治伤！"

"怎么可能，兔子是有名的医生，这是众人皆知的；但他却什么都不说，定是有所图谋。"

鬣狗的一番话让狮子坐立不安，嘀咕道："兔子照顾我这么多天，没给我用过任何药。"

兔子来回打了两趟水，狮子看着兔子忙前忙后，心里惴惴不安，实在忍不住，把兔子叫到身边，问道："你有治伤的神丹妙药吗？"

"您怎么会这样问？"

① "鬣狗说你是名医，还有专门治伤的药，都这么久了，你为什么不给我用？"

❶ 语言描写⋯⋯⋯
狮子质问兔子，话中充满杀气，营造出紧张的气氛。

兔子一听就知道这是鬣狗的诡计，正在想有什么应对的方法。狮子有点着急了，追问道："你怎么不说话？"

"狮子大叔，我正在想你说的问题。"兔子回答说，"的确有治伤的良药，但是很难得到，所以没跟您说。"

"有多难？"狮子问。

"以前听母亲说起过，治疗爪子伤最好的药就是鬣狗背上的皮，贴上就能快速恢复。"

② 刚说完，狮子迅速扑向鬣狗，抓掉了他背上的皮。鬣狗惨叫着逃走了。

❷ 动作描写⋯⋯⋯
表现出受伤后的狮子依然凶猛可怕。

狮子让兔子把鬣狗的皮贴在受伤的爪子上，几天后狮子的伤就完全好了。他对兔子的医术大加赞赏。

③ 鬣狗因为贪心惨遭劫难，却让兔子得到更好的名声，真是偷鸡不成蚀把米。

❸ 解释说明⋯⋯⋯
此处既是解释说明，又是对故事的总结，深化主题。

后来鬣狗背上的伤疤长出很长的毛，这就是我们看见的鬣狗背上有很长的毛的原因。

二

兔子的肚子饿了，去森林里面找吃的。他发现一棵大猴面包树梢上有一个大蜂房，便想要吃里面的蜂蜜。可是这个蜂房是狮子的，万一被发现了肯定会死得很惨。于是他决定先回城堡，叫上几个朋友来一起吃。

第一天，他来到老鼠家，说："我今天请你吃蜂蜜，我爸爸死后留给我一个装满蜂蜜的蜂房。"

❶动作描写

表现出兔子的聪明，以及他们吃蜂蜜时愉快的心情。

①两人来到了猴面包树前，爬到树上点燃火把熏走了蜜蜂，畅快地吃着蜂蜜。

狮子突然回来，发现有人偷蜂蜜，大声叫道："是谁在偷吃我的蜂蜜？"

兔子轻轻地对老鼠说："嘘，别出声。"

狮子急了，大声吼道："到底是谁，快回答！"

老鼠被吓坏了，胆怯地说："是，是我。"

兔子仍然不出声，悄悄地对老鼠说："把我装进火把，然后扔下去。"

❷动作描写

兔子借老鼠的手逃脱，表现出兔子的狡猾和老鼠的头脑简单。

②老鼠照着兔子的话，扔下火把，刚着地，兔子就跳出来逃走了。

狮子叫老鼠下来，一把抓住他，问道："刚刚还有谁？"

"兔子，他藏在刚刚丢下来的火把里，已经跑了。"

狮子听完很生气，一口吃掉了老鼠，接着找兔子去了，可怎么样也找不到。

① 第二天，兔子叫上乌龟一起吃蜂蜜，他也告诉乌龟蜂房是父亲留下的遗产。

他们爬到树上，用同样的方法赶走了蜜蜂，畅快地吃着蜂蜜。

狮子发现蜂蜜又被偷吃了，大声叫道："是谁在上面偷吃我的蜂蜜？"

兔子对着乌龟的耳朵悄悄说："别出声。"

狮子又问了一次，乌龟怕极了，对兔子说："这不是你父亲的遗产吗？你骗了我，我要去告诉狮子。"

狮子越发着急，问道："是谁在树上，赶紧下来！"

乌龟回答说："是我们，我和兔子。"

狮子怒吼道："下来！"他这次一定要抓住兔子。

② 兔子用同样的计谋对乌龟说："把我装进火把藏好，然后扔下去。"

乌龟识破了兔子的计划，假装答应这样做。他把兔子装进火把后，对狮子说："看好了，兔子就在里面。"然后立马扔了下去。

狮子一把按住兔子，说："总算抓到这只偷蜂蜜的兔子了，要怎么惩罚你呢？"

兔子说："如果你直接吃掉我，肯定会觉得我的肉太糙。"

"怎样才好吃？"

❶叙述
兔子故技重施，体现了兔子的狡猾。

❷语言描写
兔子用同样的方法利用乌龟，他认为乌龟也会上当。

"你揪住我的尾巴甩几圈，在地上摔打，这样肉才嫩。"

❶动作描写

到嘴的兔子跑了，表现出狮子的贪心和愚蠢。

① 狮子轻信了兔子，拉起兔子的尾巴甩了一圈，还没摔下去，兔子就跑掉了。

狮子生气地对乌龟说："快下来，轮到你了。"

狮子一把抓住刚从树上下来的乌龟，说："我要怎么吃掉你呢？"

❷语言描写

乌龟假意讨好狮子，寻找逃跑的方法，能看出这是一只非常聪明的乌龟。

② 乌龟说："我的壳太硬了，会磕到你的牙，还是把我放进泥巴里，剥了壳再吃吧。"

狮子把乌龟放进泥巴里剥壳，却不料乌龟趁机逃走了。

狮子被惹恼了，四处打听兔子的住址，下决心抓到他。兔子知道狮子正在到处找他，就跟妻子准备搬到新家。

狮子终于打听到兔子住在山上，很快找到了兔子的房子，发现兔子不在，就在他家等着，心想着："他肯定还是要回家的，到时候一箭双雕。"

过了一会儿，兔子和妻子一起回来了，他看到了狮子留下来的脚印，知道狮子来过，但是不确定狮子在哪里。为了搞清楚情况，兔子对妻子说：③ "你现在去孩子那里，照顾好他们。狮子来找我了。"

❸语言描写

兔子保护自己的妻儿，是一只非常有责任心的兔子。

"不行，我们不能分开。"

"孩子要紧，他们需要你的照顾，快走！"

妻子走后，兔子跟着狮子的脚印，发现脚印一直到他的家里，心想："狮子居然能找到我的家。"

他悄悄地向房子走去，到了门口，对着房子叫起来："今天真奇怪？房子怎么没有向我问好呢？难道家里来人了？"

狮子信以为真，说道："主人，你好，欢迎回家！"

"果然呀！"兔子大声说，"狮子你真傻，房子能说话吗？这智商还想吃我？"

兔子说完拔腿就跑，狮子跟在后面追了很久都没追上。① 狮子被兔子戏弄了很多次，终于认输了，向所有动物宣布："兔子太狡诈了，我不抓了。"

① 语言描写
狮子认输表现出无奈的心情，从侧面突出兔子的聪明。

三

很久以前，有一头不会哭，也不会悲伤的狮子，他有父母、妻子和孩子。② 有一天，他的父母死掉了，野兽来安慰他，发现他一点儿也不悲伤。过了一段时间，他的孩子也死了，他没有哭。别人都说狮子铁石心肠，没人能够感动他。

又过了几天，狮子的妻子也死了，面对前来慰问的野兽，狮子只是微笑。野兽把这事告诉了兔子："你的朋友真是铁石心肠，妻子死了都不伤心，只是笑了笑。"

"那是因为你们都不会安慰，让我来吧！"兔子信心满满地说。

② 叙述
列举了两个例子，阐述狮子不会哭的事实，使文章更紧凑。

❶语言描写

兔子几句话就让狮子哭了起来，表现出兔子的聪明。

兔子到了狮子的家里后，抓住自己的头说：①"唉，可怜的狮子。白天朋友可以陪你说话、吃饭，晚上你孤独一人，妻子再也不能陪你睡觉、吃饭，不能为你做饭。想想吧，你的妻子是多么地温柔贤惠，你们在一起的时光是那么地短暂。"

狮子终于流泪了，说："是啊，我好伤心呀！"

狮子一哭，所有的人都跟着痛哭起来。兔子完成任务要走了，狮子拉着他不让走，说："我没有妻子，只有你可以陪我说话、谈心，留下来吧！"

兔子安慰了狮子一个月，终于可以回家了，他对野兽们说："嘿，看到狮子哭了吧，你们都是见证！"

❷语言描写

突出兔子的聪明。

②野兽们非常佩服兔子，说："看到了，只有你对狮子最有办法。"

精华赏析

本文讲述了兔子的三个故事，使用语言、动作描写等手法，创造了性格各异的小动物。故事中的兔子爱耍小聪明、利用朋友，但又聪明有担当，惹人爱又惹人厌。故事趣味性强，读起来让人忍俊不禁。

延伸思考

1. 遇到像鬣狗这样挑拨离间的人，你会怎么做？

2. 你喜欢第二个故事中的兔子吗？为什么？

3. 看完这三个故事，你最大的感受是什么？

性急的狗

名师导读

　　狗拜猫为师，学习猫用嗅觉找东西的本领。但他只学会在地面找东西，却没有学会在树上找东西，这是怎么回事呢？难道是猫不愿意教他吗？

　　我们都知道狗是嗅觉灵敏的动物，但是他不会爬树，这跟以前某个时期的故事有关：

　　在那个时期，只有猫才是嗅觉灵敏的动物，可以根据不同的气味觅食，而狗却跟其他的野兽一样，只能用眼睛找食物。

　　①狗非常羡慕猫觅食的方法，想学会他的本领，于是就来到猫家里拜师："师傅，把您闻气味的本领传给我吧，我想多一种本领，更好地觅食。"

　　猫接受了狗的请求，让他住在家里，专心地教他。

　　狗比较性急，学了没多久就觉得什么都会了，想要出师自谋生路，便对猫说："师傅，我已经跟您一样，可以靠鼻子找吃的了，我要走了。"

①叙述

　　介绍狗拜师学艺的目的，这是一只热爱学习的狗。

"不行，你还没全都学会。"猫说，"你得继续学习，不能半途而废。"

不管猫怎么劝说，狗都坚持自己的决定。

①猫只好说："既然如此，那你走吧，但今天不行，明天走。"

❶语言描写

猫为什么让狗多留一晚呢？引导读者思考，为下文埋下伏笔。

第二天，猫起来后对妻子说："如果他问我，就告诉他我走了，让他找我。"

狗起来后想跟师傅道别，但是没有找到猫，就问猫的妻子："我的师傅呢？"

❷语言描写

说明了猫的用意，照应了前文。

②"去觅食了，他让你用自己的本事去找他，以此来考考你。"

狗用自己学到的本事找师傅，用鼻子嗅着师傅的味道。

狗到了一个地方，有很多猫的气味，他确定师傅就在附近。这时候猫悄悄地从两块石头上跳过，然后钻进树洞，又钻出来，最后跳到一棵猴面包树上，坐在上面观察狗的表现。

狗用鼻子闻着，追踪到了猫的气味，他跳过了石头，钻了树洞，来到猴面包树下，却闻不到猫的气味了。他在周围找了很久，没有发现猫。

猫在树上观察到了狗的所有表现，大声说："在这儿呢，树上！"这时，狗才发现猫在树上。

狗急于求成，结果功亏一篑。他觉得自己什么都会了，可始终没有找到树上的猫。

①猫最后说："你只学到了在地上找想要的东西，但是没学会找到树上的东西，因为你太急于求成了！"

就这样，狗始终都没有学会爬树。

❶语言描写
　猫的话具有深化主题的作用，阐述了学习不能急于求成的道理。

精华赏析

故事中的狗好学，却急于求成，所以没有学到猫全部的本领，让人感到惋惜。通过这个故事，我们明白了不管是学习还是做事，都不能半途而废。

延伸思考

1.请对狗的优点和缺点进行点评。

2.有的人认为狗学会在地面上找食物就够了，没有必要学爬树，你赞同这样的观点吗？

3.这个故事对你有什么启发？

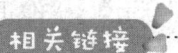

相关链接

本文讲述了狗学艺不精的故事，这使我们明白了人不能满足于短期小小的成果，不能急于求成的道理。学习生活中我们应该永不止步，这样才能跟上时代的步伐。

兔子和鬣狗的友谊

名师导读

兔子和鬣狗成为朋友后，一起打猎，一起摘果子，一起唱歌，看上去友谊深厚，可是他们最后却分道扬镳了，这是为什么呢？

兔子想和鬣狗当朋友，就主动对他说："我们交个朋友吧！"

鬣狗说："我希望我的朋友很强壮，你个子太小了，不行！"

❶语言描写

兔子伶牙俐齿，说服鬣狗做他的朋友。

① "这不是问题，朋友不论个头大小，小小的船桨也能划动大船，是吧！"

就这样，他们成了朋友。兔子建议去森林捕猎，他们一起做了陷阱，抓到一只野鸡。他们杀鸡生火，想烤着吃，兔子主动说："你把鸡看好，我再去找点柴火来。"

兔子走后，鬣狗太馋了，忍不住把整只鸡吃了，连骨头也不剩。

兔子回来后，见一点吃的都没有，问："鸡呢？谁吃完的？"

鬣狗回答道："我没吃，全部烧没了。"

兔子又气又饿，知道鬣狗在撒谎，装作相信他，说：
① "我们是好朋友，我要带你去吃好吃的。我父母种了很大一片香蕉，这季节果实正甜，我带你去吧，随便吃。"

他们朝着香蕉地走去，路上看到一棵无花果树。鬣狗很想吃，但不会爬树。兔子说："你在下面把风，我爬上去摘给你吃。"鬣狗高兴地同意了。

② 兔子爬到树上，找到很多成熟的果子，他坐在那里吃着香甜的果子，吃饱后就往口袋里面装。他把没有成熟的摘下扔给鬣狗，问道："朋友，果子好吃吗？"

"我尝都没尝，都是生的。"鬣狗回答道。

"唉，上面都是生的。"兔子说着。他把口袋装满就下来了，安慰道："走吧，我们再找找其他的果子。"

"你口袋鼓鼓的，是什么呀？"鬣狗问道。

"哦，都是我的衣服。"兔子说着。

晚上，鬣狗饿得咕咕叫，兔子在一旁偷偷吃着香甜的无花果。

③ 天亮后，他们终于到达香蕉地，那里丰硕的果实，让他们口水直流。

"请享用吧，我的朋友！这都是我爸爸种的，放心大胆地吃！"兔子说，"我有点事，得离开一会儿，一定要等我！"

兔子找到了果园的主人，告诉他鬣狗在偷吃香蕉。

❶语言描写
兔子被骗，还带鬣狗去吃香蕉，暗示兔子要"报复"鬣狗。

❷动作描写
兔子独享熟果子，记恨鬣狗的欺骗，是一只睚眦必报的兔子。

❸叙述
表现出了鬣狗和兔子激动的心情。

主人气冲冲地来到香蕉园，看见鬣狗的肚子吃得鼓鼓的，拿起棍子边打边喊："叫你偷吃我的香蕉。"

鬣狗狡辩道："这是我朋友家的香蕉园，他让我吃的。"

鬣狗由于吃得太饱，跑不动，被主人狠狠地打了一顿。而兔子却早就跑了。

① 当他们再次见面时，兔子假装什么都不知道，问道："朋友，你去哪里了？害我找得好苦。"

❶ 语言描写
兔子惺惺作态、明知故问，表现出他虚伪的一面。

鬣狗生气地说："你骗我，香蕉不是你爸爸种的，害得我被打得很惨。"

"我没有骗你，就是我爸爸种的。"兔子解释说，"我和父母闹翻了，他们不让我进香蕉园。我们忘掉以前的不快，还是好朋友。"

② 他们回到家后，兔子用一张皮做了一面小鼓，边敲边唱：

❷ 语言描写
兔子把捉弄鬣狗的事当成歌唱，表现出他快乐的情绪。

你在香蕉树下，

挨了一顿打。

"这是什么歌？"鬣狗问兔子。

"回家高兴，随便唱唱。"

鬣狗知道兔子唱的什么意思，也打起鼓唱着：

野鸡没被烧，

被我吃光光。

"你这又是什么歌？"兔子问鬣狗。

"回家高兴，随便哼哼。"

"不是，你撒谎，你在唱你吃光了整只鸡，却骗我说烧没了。"兔子激动地说。

"你也撒谎，香蕉园不是你家的，果园主人是你找来的，害我被打得这么惨。"[①] 鬣狗生气地说，"我们做不了朋友，开始就告诉过你！"

就这样，兔子和鬣狗的友谊在相互欺骗和算计中结束了。

❶语言描写

照应开头，鬣狗一开始就没打算跟兔子做朋友。

精华赏析

故事中的兔子和鬣狗从开始就不是朋友，兔子表面上想和鬣狗做朋友，却抓住朋友的错误不放，三番两次设计坑朋友，是非常虚伪的。鬣狗态度暧昧，见兔子能带来好处就当朋友，没有好处就一拍两散。

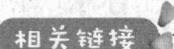

延伸思考

1.鬣狗觉得兔子不适合做朋友，为什么还要同行？

2.你会选择像兔子这样的人做朋友吗？简述理由。

3.读完故事后，你对交友有什么建议吗？

相关链接

兔子想交朋友没有诚意，鬣狗不想交朋友却态度暧昧，都是不值得深交的人。这个故事告诉我们，交友要谨慎，对待朋友要真诚。

狡猾的豺狼

名师导读

　　豺狼和狮子一起打猎，明明是豺狼打中了野兽，他却说是狮子射中的，还把猎物让给狮子。豺狼为什么要这样做呢？我们一起在故事中寻找答案吧！

　　狮子和豺狼一起打猎时看见了一头很大的野兽，狮子先射出一箭，射偏了。豺狼一箭射中，他高兴地叫着："太好了，打中了！"

　　狮子面露不悦，瞪了豺狼一眼，豺狼马上说："老大，您射得真准！猎物是您的。"

　　在一起找射中的野兽的途中，豺狼看见狮子射偏的箭，故意装作什么都没看到。走到岔路口时，豺狼对狮子说："老大，您歇会儿吧，我帮您找。"

　　①狮子坐下休息，豺狼装作继续找猎物的样子，走了很远，把自己的鼻子弄伤出血，回去找狮子，路上都是豺狼留下的血迹。豺狼找到了狮子，指着自己留下的血迹，说："老大，我没找到受伤的野兽，但是发现了

❶动作描写

　　豺狼的行为很奇怪，暗示他在计划什么，为下文做铺垫。

它留下的血迹。您快看，沿着这条血迹，应该能找到他，我再去别的地方看看。"

结果很明显，豺狼很快找到了射中的野兽，狮子却什么都没找到。豺狼开始美美地享受着自己的美食，边吃边摇晃尾巴。正高兴时，狮子突然找到了他，一把抓起豺狼的尾巴，摔在地上正要兴师问罪。① 豺狼跳起来委屈地哭诉："老大，您这样太侮辱人了，我只是在给您找最优质的肉。"

"哦，是这样啊！"狮子说，"要不叫上我们的老婆一起吃吧！"

"老大，这种跑腿的活儿让我干吧，您就在这儿休息。"豺狼谄媚地说。

狮子同意了豺狼的建议，坐下来等老婆。豺狼趁机拿起两块肉去请他们的老婆。他先来到狮子家，见到狮子老婆就把劣质的肉给了她。

他回到自己家，要带着老婆去狮子那里，狮子老婆也想去，豺狼借口说："狮子会亲自来接你的，就像我亲自接我的老婆那样。"

② 豺狼在和他老婆去找狮子的途中，钻到荆棘里故意把自己扎伤出血后来到狮子跟前，说："老大，我叫您老婆来，她不信，还把我抓伤了。您还是亲自去接她吧。"

狮子信以为真，生气地回家了。

❶动作、语言描写
豺狼一哭诉就顺利解除危机，表现出他善于随机应变的特点。

❷动作描写
豺狼用苦肉计获得狮子的信任，表现出他善于算计的特点。

豺狼和老婆搬来很多的石头，堆得很高，把野兽的肉放在石堆上，一起爬上去等着。

狮子带着老婆来了，豺狼对他喊着："老大，快看，我把肉放在这石塔上，就不怕被抢走了！"

"做得很好，"狮子说，"我要上去看看！"

"好的，我用绳子拉您上来。"

①狮子用豺狼扔下的绳子绑在身上，快要拉上去的时候，豺狼偷偷地割断绳子，叫着："哎呀，您太重了，换一根新的绳子试试。"

❶动作描写⋯⋯⋯⋯
豺狼故意割断绳子惩罚狮子，表现出狡猾的一面。

豺狼让老婆准备了一根旧绳子给狮子，狮子绑好后，豺狼接着拉。豺狼又一次割断绳子，大声说："还是拉不上来，要不您把头抬起来，我喂肉给您吃。"说完，他让老婆准备一块上好的肉。

②但是，他背地里却让老婆准备一块烧得火红的石头，还在石头上抹上一层肥油，看上去就是一块上等的烤肉。

❷解释说明⋯⋯⋯⋯
这里用了插叙，介绍了"上好的肉"的真面目，使行文更为流畅。

豺狼对狮子说："您张开嘴，我把香喷喷的烤肉喂给您吃。"

狮子张开大嘴，豺狼把准备好的"烤肉"扔进了狮子的嘴巴里，狮子被烫得大声号叫，豺狼狡猾地笑了，说："快去河边，喝点水就可以吞下肉了！"

精华赏析

这个故事主要讲了豺狼在面对凶悍的狮子时，如何用智慧和计谋夺回属于自己的猎物。故事告诉人们面对强敌暂时示弱可以保全自己，通过周全的计划还可能赢得全面的胜利。

延伸思考

1. 豺狼在实施计划的过程中，表现出了什么品质？
2. 豺狼夺回猎物的关键是什么？

相关链接

狮子强大凶悍却缺少智慧，他恃强凌弱，且无法参透别人阿谀逢迎背后的阴谋，注定被不起眼的小人物打败。

"饥饿"的小绵羊

名师导读

豺狼带着豹子找到了公绵羊，打算吃掉公绵羊全家。结果豺狼不仅没有吃到绵羊，还因为这件事情被弄得半死不活。这到底是怎么回事？看完故事你就什么都清楚了。

豹子在捕完猎回家的路上，经过克拉阿尔时遇见了一只公绵羊。他看公绵羊就像看到怪物一样，胆怯地问："你好，先生，你叫什么？"

公绵羊一跺脚，咩咩地大声叫了起来，说："公绵羊，你呢？"

①"我，我，我，豹子，豹子。"豹子被吓坏了，哆嗦地说。说完便飞快地逃跑了。

❶语言、动作描写

豹子吓得拔腿就跑，体现出他胆小的性格，为下文做铺垫。

他在路上遇见了豺狼，说遇见了很可怕的怪兽。豺狼听后大笑起来："笨蛋，哪有什么怪兽啊？分明就是一头又肥又嫩的大餐呀，明天跟着我一起吃掉那头公绵羊。"

第二天，豺狼和豹子在克拉阿尔附近发现了公绵羊，公绵羊也发现了他们。公绵羊很害怕，赶紧跑回去告诉老婆，说：①"完了！完了！豺狼和豹子一起来了，要吃了我们。"

"亲爱的，不要紧张！"母绵羊说，"你抱着孩子去主动找他们，当面偷偷弄哭孩子，哭得越厉害越好，让他们以为孩子很饿。"

公绵羊抱着小绵羊朝着豹子和豺狼走去，豹子非常害怕，转身要逃走。豺狼拉回豹子，并用绳子把豹子系在自己身上，防止豹子再次逃跑。

公绵羊走到他们面前，偷偷拧了一下小绵羊，小绵羊疼得大声哭起来。公绵羊说：②"豺狼，你做得很好，亲自绑来豹子。快看，我的孩子饿得等不及了，哇哇大哭呢。"

豹子信了公绵羊的话，吓得大叫，拔腿就跑。他不停地跑呀跑呀，跑过了小山丘，跑过了好几个山头。豺狼猝不及防，就这样被豹子在地上拖着。等豹子停下来的时候，豺狼已经被拖得半死不活了。

❶语言描写

公绵羊的言语中透露出他的担心、紧张，烘托出紧张的气氛。

❷语言描写

公绵羊趁孩子大哭时，使出了离间计，表现出他有勇有谋的特点。

精华赏析

公绵羊抓住豹子胆小的特点，略施小计，成功赶走了豺狼。本文篇幅虽短，但是情节非常精彩，特别是公绵羊智退豺狼的情节，营造了紧张又愉快的气氛。

延伸思考

1. 对公绵羊利用孩子的做法，你有什么看法？

2. 有人说豹子是"猪一样的队友"，你赞同吗？为什么？

3. 这个故事给你什么启发？

相关链接

母绵羊献策，公绵羊施计，二者相互协调合作，促使计划圆满成功；豺狼和豹子发生分歧，最终任务失败。故事告诉我们办成一件事，一定要多方协调合作，这样才能事半功倍。

鬣狗的"坚持"

名师导读

在有月色的夜晚，鬣狗看见河里有一块非常美味的乳酪，便下去打捞，他打捞了很多个晚上，每个晚上打捞了很多次，都没有成功，这是怎么回事呢？

鬣狗叼着一块很大的骨头走在回家的路上，走着走着月亮出来了，倒影在河面上，像极了一块美味的乳酪。鬣狗真把月亮的倒影当成了乳酪，毫不犹豫地扔下骨头跳进河里捞"乳酪"，他不惜将整个身子和头浸在水中，最后什么也没捞着。

河水被鬣狗搅浑浊，"乳酪"不见了。①他爬上岸休息一会儿，正要回家时，平静的河面又出现了"乳酪"。他再次跳进了河里，又是一无所获。他重复同样的动作，坚持捞"乳酪"，结果都是一场空。

后来，另一只鬣狗偷走了他丢在河边的骨头。他还在坚持捞"乳酪"，直到天亮月亮消失，水里的倒影消失，"乳酪"也跟着消失了。

❶动作描写

鬣狗的这些做法体现出他顽固的特点，暗示他不会有好的结果。

第二天晚上，第三天晚上……或许还有更多晚上，鬣狗坚持每天晚上到河边打捞月亮的影子，直到他累死或是饿死。

当有人在坚持做错误的事情时，可以对他说："鬣狗坚持捞月亮，是一个错误的决定，结果落得一场空，还丢了原本属于自己的骨头。"

读书笔记

精华赏析

故事中的鬣狗对自己的错误坚持到底，最后以悲剧收场。这告诫人们做错事要及时改正，不要在错误的道路上一直走下去。

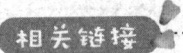

延伸思考

1. 对鬣狗扔下骨头去捞"奶酪"的做法，你怎么看？

2. 鬣狗为什么坚持认为河中有"乳酪"？

3. 这个故事给你最大的启发是什么？

相关链接

人贵在坚持，但是没有正确的认识，一味坚持就等于自取灭亡。故事中的鬣狗就得到了惨痛的教训。鬣狗已经有骨头，还奢望得到河中的"乳酪"，贪心也是他自取灭亡的原因之一，对此我们应该警钟长鸣。

血造的孩子

名师导读

　　鸽子看到一个没有孩子的可怜女人，便教给她造孩子的方法。那么，造孩子的方法是什么？女人能够成功造出孩子吗？让我们一起从故事中寻找答案吧！

　　很久很久以前，有一个非常可怜的女人，她结婚很久还没有孩子，为此她经常流眼泪，她是多么希望有自己的孩子呀！

　　①有一天，飞来一群鸽子，其中一只鸽子看见正在门口哭泣的女人。他说："可怜人！"

　　他的同伴问："什么？"

　　"她是一个可怜人！"他又说了一次。

　　"谁是可怜人？"

　　"她呀，那个想要孩子，却没有生孩子的女人！"

　　鸽子决定帮助女人。他到山里找到一只非常美丽的羚羊角，用嘴巴衔着，飞到女人跟前，示意女人拿着羚羊角。

❶动作描写
　　借鸽子的眼睛，观察哭泣的女人，提升读者的阅读兴趣。

鸽子把羚羊角放到女人手上，说："拿好，听我说！"

鸽子的同伴说："可怜的女人！"

①他接着说："你想要孩子，就用羚羊角刺破肚脐，让血液流到羚羊角里，密封保存八个月，等满了九个月再打开。"

女人按照鸽子的话，等到了九个月，打开羚羊角，发现里面有一个孩子。这时候鸽子也来了，他说："把孩子抱出来，放进羊皮袋里，喂东西给他吃。"

鸽子的同伴说："用羊皮袋包好，抱回家，不能让别人发现。多给他吃好的，让他长快些。"

②女人非常高兴，把家里最好的食物给孩子吃，孩子长得飞快。

晚上女人的丈夫回家了，女人点着火堆，让丈夫坐在火旁取暖。她去房间把孩子抱出来，坐在火堆旁给孩子喂奶。丈夫发现家里突然有个孩子，非常惊讶地问："怎么会有孩子，哪来的？"

"这是我用血造的孩子，是我的孩子。这还得感谢鸽子呢，多亏他找来羚羊角，教我怎样造孩子。我把肚脐眼的血放在羚羊角里九个月，血就变成了孩子。"

丈夫听后很高兴，激动地说："终于盼到这一天了，我们有孩子了！"

这就是血造的孩子。

精华赏析

　　女人结婚后一直没有孩子，为此非常痛苦。热心肠的鸽子决定帮助可怜的她，并教她造孩子的方法。女人按照鸽子的话去做，九个月后终于得到了自己的孩子，夫妻俩都高兴不已。故事虽然不符合科学道理，但是充满了奇特的想象，读来让人深感母爱之伟大。

延伸思考

1. 怎样用血造孩子？
2. 孩子造出后，女人和男人有什么反应？

相关链接

　　故事中热心肠的鸽子，帮助一个不能怀孕的女人拥有了自己的孩子。这告诉我们助人为乐才是做人的根本。

酋长最心爱的女儿

名师导读

　　酋长的两个女儿和其他姑娘一起在河边游泳时遇见了库库玛季甫，大女儿和其他姑娘都跑了，把酋长的小女儿留了下来，小女儿会遭遇什么呢？

　　酋长有两个女儿，大女儿叫赫拉鲁谢，小女儿叫赫拉扎谢，小女儿更受父亲喜爱。有一天，酋长的两个女儿和其他的姑娘们一起到河里游泳，她们脱了衣服跳下水，一边洗澡，一边戏水。

❶叙述⋯⋯⋯⋯
姑娘们洗完澡后衣服被库库玛季甫拿走了，引出下文。

　　①当她们洗好了，打算穿衣服上岸时，发现她们的裙子都被库库玛季甫拿走了。她们哀求道："好心的库库玛季甫，求您把裙子还给我们吧。"

　　只有酋长的小女儿赫拉扎谢没有向库库玛季甫求情，她是一个非常高傲的人。库库玛季甫把裙子还给了向他求情的姑娘们，除了赫拉扎谢的。姑娘们多次劝赫拉扎谢向库库玛季甫求情，她坚决不愿意。姑娘们最后只好说："再不开口求情天就黑了，我们可不愿意等你，你一个人保重。"

姑娘们丢下赫拉扎谢一个人，都自顾自地走了。

赫拉扎谢是一个非常勇敢的女孩，当只剩她和库库玛季甫时，她主动扑向库库玛季甫去抢自己的裙子，他们就这样打了起来。①他们从岸上打到了水里，打了很久也没有分出胜负。后来他们都打得精疲力竭，在河边睡着了。

天亮后，库库玛季甫醒了，心想："这姑娘太厉害了，得找个帮手来。"随后起身搬救兵去了。②兔子知道这件事后，叫醒了赫拉扎谢，说："起来！快走！库库玛季甫找帮手去了。"

赫拉扎谢赶紧起来，在岸上找到自己的裙子就回家了。

昨天扔下赫拉扎谢的姑娘们回家后，对外说："赫拉扎谢得了病，在养病，不能见人。"

赫拉扎谢回到家以后，母亲又惊又喜，哭着问："你从哪里过来的，她们都说你病了。"

赫拉扎谢说："她们在撒谎，我没病，她们把我一个人扔给了库库玛季甫。"

母亲听了很生气，把这件事情告诉了酋长父亲。酋长拿着擦得锃亮的长矛，来到姑娘们的屋子前，说："实话告诉我，我最爱的赫拉扎谢在哪里？我要看她！"

③姑娘们一阵嘲笑，回答说："你女儿病了，你还

❶解释说明
交代他们打斗的结果，突出小女儿的英勇。

❷语言描写
体现了兔子的善良和热情，为下文做铺垫。

❸语言描写
姑娘们的表现体现出她们的冷漠。

敢看？"

酋长气急了，说："都安静！我以酋长的身份，命令你们说出我女儿在哪里。"

姑娘们仍然不愿说出赫拉扎谢在哪里。酋长闯进屋子，挑开所有的席被，什么都没有找到。于是，把姑娘们全部拖出来，处以极刑，也包括他的大女儿赫拉鲁谢。人们很好奇酋长为什么连自己亲生的大女儿也不宽恕。酋长说："她把我最爱的赫拉扎谢扔给库库玛季甫，分明是想害死她，决不能饶恕。"

接下来酋长要解决库库玛季甫。他召集部落所有的人找库库玛季甫，他们在河边发现了库库玛季甫的踪迹。酋长带领士兵在河边等着库库玛季甫，他刚一上岸，酋长和士兵们冲过来就将其杀死。

① 库库玛季甫死后，从他的肚子里面走出来很多的姑娘，她们都是之前被他生吞的姑娘。被救姑娘们的父母为了感谢酋长，把家里的牛都送给了他。酋长下令煮酒、宰牛、烹肉，举办热烈的活动，庆祝赫拉扎谢和其他的姑娘重获新生。

② 相传，库库玛季甫是半人半兽的野兽，全身没毛，长得非常高大，最喜欢生吞姑娘。他经常在河边等着姑娘们来洗澡，趁机一口活吞下去。

读书笔记

❶解释说明
这句话有承上启下的作用，提到了被库库玛季甫吃掉的姑娘，自然引出下文。

❷解释说明
文章末尾对库库玛季甫做简短的介绍，正好照应全文，解除读者的疑惑。

精华赏析

故事主要讲了勇敢的赫拉扎谢是如何和野兽搏斗并成功脱身的。赫拉扎谢的遭遇可以说是不幸的，也可以说是幸运的。她遭遇野兽险些被吃，是很不幸的；她的遭遇引起父亲重视，导致野兽被消灭，解救很多的姑娘，这是幸运的。

延伸思考

1. 赫拉扎谢为什么不愿意向野兽求情？

2. 酋长为什么要杀掉自己的大女儿？

3. 赫拉扎谢遇到野兽前，酋长为什么不去杀野兽，拯救被生吞的姑娘？

相关链接

一个专门生吞姑娘的野兽为非作歹多时，酋长没有打算杀掉它，直到威胁到自己最心爱的女儿，才有所行动，这说明酋长是一个事不关己、高高挂起的人。

兄弟俩喝水

名师导读

　　兄弟俩一起打猎，一起送老太婆回家，一起穿过沙漠。本是相依为命的亲兄弟，哥哥却把弟弟丢下，让弟弟一个人在深渊下自生自灭，这到底是怎么回事呢？

　　从前，兄弟俩一起去打猎，在路上他们看到了一排瓦罐整整齐齐地倒扣在地上。① 哥哥见到此状非常害怕，觉得这是妖魔骗人的把戏。弟弟把瓦罐挨个翻过来，翻开最后一个的时候，里面跳出一个老婆婆。

❶心理描写

哥哥十分害怕，体现出他胆小的特征。

　　老婆婆先对哥哥说："小伙子，可以送我回家吗？"哥哥立马拒绝了。

　　老婆婆转而对弟弟说："小伙子，你送我回家，可以吗？"弟弟答应了。

　　弟弟送老婆婆去她的国家，哥哥也跟在后面。他们走了很长的路，遇到了一棵大树。老婆婆对弟弟说："年轻人，砍倒这棵树。"

　　弟弟照着老婆婆的意思去砍树，树倒了后，里面出来很多的牲畜，有绵羊、山羊和白犍牛。兄弟俩和老婆婆告别，牵着牲口朝回家的方向走。

他们在沙漠里走了很久，一口水都没有喝，嘴唇都干裂了。在经过四处是峭壁的深渊时，兄弟俩看到里面有水。①哥哥对弟弟说："快，放我下去喝水，我渴得受不了！"

弟弟把绳子绑在哥哥的腰上，拉着绳子放哥哥下去喝水，喝好了又把哥哥拉上来。②弟弟也想喝水，哥哥用同样的方法放弟弟下去，但却把绳子扔了，丢下弟弟一人在深渊里，自己赶着牲畜回家了。

父母见兄弟二人一起出门，只回来一个，就问哥哥："怎么不见你弟弟，他人呢？"

哥哥装出一副很诧异的表情，说："他不是早回来了吗？我送老太太回家，她给了我牲畜。弟弟不愿意就一个人先回家了。"

第二天一大早，一只飞鸟在上空唱道："快呀！快呀！快呀！老二丢在深渊了！"

③邻居们听到鸟叫，赶紧告诉他的父母："你们听见鸟说话了吗？说你家老二掉进深渊啦！"

父亲和母亲紧跟在飞鸟的后面，飞鸟为他们指路。鸟飞一会儿就会停下来唱着："快呀！快呀！快呀！老二丢在深渊了！"

飞鸟把他们带到了深渊，飞到深渊下面去，接着

❶语言描写

哥哥要先喝水，说明他只想着自己，表现出他自私自利的性格。

❷动作描写

哥哥利用完弟弟就把他丢下，表现出极度自私、心狠手辣的本质。

❸语言描写

邻居尚能关心弟弟，更何况是兄长，从侧面突出了哥哥冷酷、恶毒的本质。

唱："快呀！快呀！快呀！老二丢在深渊了！"

父亲向深渊看了一眼，小儿子果然在下面，大声喊道："孩子你没事吧，怎么下去的？"

小儿子向父母诉说着发生的一切："我们打猎时救了一个老太太，她要哥哥送她回家，哥哥不愿意，我就送她回家了，还帮她砍倒了一棵树，她给了我很多的牲畜。① 我们走到这里喝水，我先用绳子拉着哥哥喝了水，再把他拉上来；等到他拉我的时候，他放我下来就不管了，一个人走了。他想除掉我夺走牲畜又不敢，只好把我困在这深渊里。"

❶语言描写

弟弟阐述自己的遭遇，让父母知道哥哥的为人，为下文做铺垫。

"我可怜的孩子！"父亲说，"我该怎么救你上来？"

"拿一根结实的绳子拉我上来。"儿子回答说。

❷动作描写

父亲去找绳子，母亲给孩子扔食物补充能量，体现出父母对儿子的疼爱。

②父亲赶紧跑回家拿绳子，母亲守在深渊旁扔吃的给儿子。父亲拿来绳子，还请了很多人帮忙。父亲把绳子的一头放到深渊，儿子紧紧系在腰间，大家一起把小儿子拉了上来。

母亲高兴得抱住儿子哭了，一家人高高兴兴地往家里走。到家后却不见哥哥，谁也不知道他去了哪里。

　　故事通过几件小事，表现出哥哥胆小、冷漠、贪婪的性格，这些都为后来他陷害弟弟做铺垫，这样可以让故事的逻辑更缜密、结构更完整。

延伸思考

1.哥哥已经拒绝了老太婆的要求，为什么还要同行？

2.哥哥为什么要做伤害弟弟的事？

3.看完这个故事，你悟出了什么道理？

相关链接

　　哥哥害怕妖魔，却能够对亲弟痛下杀手，是一个欺软怕硬又心肠歹毒的人。他得到了牲畜，却没有颜面面对家人，因而失去了家的温暖和爱。

披着狮毛的兔子

名师导读

　　狮子是森林之王，所有的野兽都怕他。但是兔子不一样，他想得到狮子的皮毛，后来就真的得到了。那么，兔子是如何得到的呢？

　　兔子想要得到狮子的皮毛，首要任务是取得狮子的信任。

　　有一天，兔子对狮子说："我可以帮你做一个关野兽的笼子。"

　　①得到狮子的同意后，兔子喊了一句："笼子，快做好吧！"

❶语言描写

　　兔子只要发号施令，笼子就做好了，说明他是一只神通广大的兔子。

　　笼子自己做好了。兔子对狮子说："你躺在笼子里装死，我去叫来野兽，等他们靠近你，你就把他们抓起来。"

　　狮子按照兔子的话躺在笼子里一动不动，兔子站在高处大声喊："不得了了！快来！快来呀！狮子死啦！"

　　野兽们闻讯赶来看装死的狮子，他们甚至走进了笼子，围在狮子周围。只有乌龟用一根草给狮子挠痒痒，发现狮子的尾巴动了一下，轻声对孩子们说："快走，孩子们，狮子在装死！"

①结果，只有乌龟和孩子们走了，其他的野兽都被狮子抓住，成了狮子的盘中餐。

又过了很多天，兔子对狮子说："我给你做一个房子吧！"

狮子很相信兔子，说："我知道，你无所不能，做一个吧！"

兔子又大喊一声，房子就做好了，只是没有房顶。

后来下雨了，狮子对兔子说："我们给房子做个屋顶吧！"

②兔子回答说："我不会盖屋顶，但是会割盖屋顶的草。"

兔子大喊一声，青草自己收割好了，整齐地放在房子周围。狮子让兔子用这些青草盖屋顶，兔子却说："我不会盖屋顶！"

狮子很纳闷，问道："你一句话可以做好笼子、房子，还能割草，为什么就不能一句话盖屋顶呢？"

兔子说："就是不会嘛！"

狮子只好自己爬到屋顶上，用割好的青草盖屋顶。兔子把绳子的一头扔给狮子，说：③"把绳子系在腰间，万一摔下来，我可以拉住你！"狮子照做。

兔子又说："我生火帮你取暖，顺便烤好肉给你吃。"

兔子烤好了肉，用很尖锐的木棍叉一块肉，送到狮子的嘴边，说："辛苦了，休息下，吃块肉！"

狮子张大嘴巴贪婪地吃着肉，不小心被尖锐的木棍刺到了嘴巴，痛得号啕大哭。兔子见状迅速拉动绳子，狮子从屋顶掉下来摔死了。

①狮子死后，兔子终于得到了他的皮毛。

❶解释说明
照应开头，解答了兔子是如何得到狮子皮毛的。

兔子想要得到鬣狗的食物，就披着狮子的皮毛，来到鬣狗家门口，粗着嗓子说："把吃的全都给我！"

鬣狗以为是真的狮子来了，乖乖地将食物全部奉上。兔子尝到甜头后，每天都会这样做。鬣狗和她的孩子每天都饿着肚子，小鬣狗天天挨饿，都快饿死了。

后来，狮子的皮毛变干变皱了，被一只小鬣狗发现了。小鬣狗就唱着："狡猾的兔子，披着狮子的皮，骗得鬣狗团团转！"还把这事告诉了妈妈。

一天，兔子像从前那样，装成狮子来到鬣狗门前要食物。②鬣狗把一块烧得火红的石头砸向兔子，狮子的皮毛很快就着火了，兔子从里面跳出来逃走了。

❷动作描写
兔子成功逃脱鬣狗的袭击，表现出兔子的机灵、敏捷。

在逃跑的路上，兔子看到另一只鬣狗母亲要出门除草，就对她说："大娘，你一人照顾这么多的孩子，还要干活，真辛苦！让我来帮你照顾孩子们吧！"

鬣狗母亲听了很高兴，心想："正愁没人照顾孩子，这就有人送上门来了！"她欣然同意兔子的建议。

第一天，兔子把小鬣狗们照顾得非常好，十个一模一样的黑色小家伙一个也不少。

① 第二天，鬣狗母亲出门干活，留下兔子照顾孩子。兔子宰了一只小鬣狗。鬣狗母亲回来时，兔子端上一锅香喷喷的肉。鬣狗母亲问："这肉是哪里来的？"

兔子回答说："大娘，我做完所有事，出门打猎了，一出门就捕到了一只羚羊。"

"很好，又会照顾孩子，又会打猎！"鬣狗母亲说。

鬣狗母亲吃饱后，吩咐兔子给孩子们喂食。兔子带出一只，喂一只，喂完第一只喂第二只，喂完第九只的时候，兔子随便带出一只已经喂过的，刚好凑起来十只。② 由于鬣狗幼崽都是黑色的，鬣狗母亲并没有发现孩子少一个。

第三天，鬣狗母亲出门，留下兔子照看幼崽。兔子又宰了一只小鬣狗，到了晚上端给鬣狗母亲一锅肉，然后喂幼崽，其中两只喂过的又喂了一次，凑足了十只。

就这样，兔子每天做同样的事情，鬣狗母亲一直以为自己的孩子一个都不少。

当最后一只幼崽也成为一锅肉后，鬣狗母亲让兔子给孩子喂食，兔子装糊涂说："你说，给谁喂食？"

③ "给我的孩子呀，你每天都这样做了呀！"鬣狗母亲说。

"大娘，你还有孩子吗？"兔子假装什么都不知道。

❶动作描写········
鬣狗母亲把孩子交给陌生人照顾，说明她是一个非常粗心大意的妈妈。

❷解释说明·········
鬣狗母亲疏于对孩子的照顾，是一个不称职的妈妈。

❸语言描写·········
鬣狗母亲理所当然地认为照顾孩子是兔子的事，忘记了自己的本分。

"死兔子，什么意思？"鬣狗母亲生气地叫道，"快把你那十个黑色的小兄弟带出来！"

"你真糊涂，竟然到现在都没发现，你的孩子已经被你吃光了！正吃着的那只已经是最后一只了。"兔子说。

鬣狗母亲听后非常愤怒，扑向兔子。兔子动作非常敏捷，后腿一蹬就跑了，鬣狗母亲扑了个空。鬣狗母亲在兔子身后穷追不舍，追到一棵大树前不见兔子踪迹，看见树洞里面有一双眼睛，问道：① "你好，大树，请问有没有看见一只兔子经过？"

❶语言描写
鬣狗母亲没有认出兔子，体现了她的愚蠢和兔子的狡猾。

树洞里传出了声音："我天天守在这里，哪来的什么兔子呀！"

鬣狗母亲刚走开，兔子就从树洞里面跳出来。她发现自己又被兔子骗了，又追着兔子跑。兔子跑到了河边，在地上打了个滚，变成一块圆石。鬣狗母亲追到河边，不见兔子的踪迹，抓起兔子变的石头，扔到河对岸，说："该死的兔子，砸死你！"

石头扔到了河对岸，立马变成了兔子，他跳起来大声对鬣狗母亲喊道：② "大娘，谢谢你帮我渡河，向我十个黑色的小兄弟问好！"

❷语言描写
兔子得了便宜还炫耀，表现出他得意的心情。

鬣狗母亲除了愤怒和懊恼，什么也做不了，不然还能怎么办呢？

精华赏析

　　故事中的狮子和鬣狗妈妈妄想得到不属于自己的东西，都付出了惨重的代价。故事告诫人们：有欲望无可厚非，但是要通过自己的努力去实现，不劳而获结果会让你得不偿失。

延伸思考

　　1. 兔子为什么可以得到狮子的皮毛？

　　2. 鬣狗母亲痛失孩子，能全怪兔子吗？为什么？

　　3. 你喜欢故事中的兔子吗？简述理由。

相关链接

　　兔子为了得到狮子的皮毛，把野兽骗进笼子给狮子当食物，做法虽然自私残忍，但是也不能全怪兔子。如果野兽不去围观，就不会上当，这给那些喜欢围观看热闹的人提了个醒。

坏心眼的大蟒

名师导读

猴子出于好心救了被压在大石头下的大蟒，大蟒却恩将仇报，抓住猴子要当早餐。好心的猴子会被大蟒吃掉吗？我们一起来看看吧！

在很早很早以前，动物和人类一样可以说话。有一天，一只猴子出门找吃的，他来到一个小山上，翻开被太阳晒热的石头，找到了很多甲虫和蝎子。饱餐了一顿后他继续赶路，听到一只大蟒在叫他：① "猴子兄弟，请你帮帮我吧！我被石头压住了，快帮我搬走它！"

❶语言描写

大蟒态度客气，语气也和蔼，让猴子没有任何防备。

猴子搬开石头放出了大蟒，没想到大蟒却恩将仇报，刚钻出来就死死地缠住猴子，得意地笑道："愚蠢的猴子，现在我要吃早餐了！"猴子大声求饶，大蟒无动于衷。

这时候，一只兔子路过，猴子哭着对兔子说："聪明的兔子，帮我评评理！我救了被大石头压住的大蟒，他却要吃掉我。"

大蟒却说："我明明躺在石头下睡觉，猴子趁我睡着偷吃了我的昆虫，我气急了才抓住他。"

兔子灵机一动说："完全听不懂你们在说什么，最好演示一下，让我为你们主持公道。"

① 兔子继续说："大蟒，你怎么在石头下睡觉的？让我们看到事实。"

大蟒放下猴子，躺在地下，猴子把石头重新放在了他的身上。兔子对猴子说："朋友，大蟒被压住了，快跑吧！"

② 兔子和猴子拔腿就跑，坏心的大蟒和以前一样，继续被石头压着。

❶ 语言描写

兔子让大蟒躺回石头下自证清白，实际上是救猴子，表现出兔子的聪明。

❷ 解释说明

大蟒恩将仇报，所以又失去了自由之身，再次被石头压住了。

精华赏析

这是一个寓言故事。猴子好心救大蟒，大蟒反过来要吃猴子。故事告诉我们：对待恶人不能同情心泛滥。兔子施以妙计成功解救猴子，让恶人得到恶报，让忘恩负义的人得到教训。

延伸思考

1. 有人说这个故事是外国版的《东郭先生和狼》，你赞同吗？为什么？

2. 遇到大蟒这样的人，你会怎么做？

3. 这个故事给了你什么启发？

狐狸和鬣狗的故事

名师导读

狐狸和鬣狗一起到牲畜棚里吃肉，吃得正起劲儿时，狐狸突然不打招呼就走了，留下鬣狗独享美食。狐狸为什么不多吃点儿再走呢？

狐狸打算去吃畜牧棚里的牲口，他想找个人做伴，于是对鬣狗说："朋友，我带你去饱餐一顿！"

①鬣狗乐开了花，蹦蹦跳跳地跟着狐狸来到了畜牧棚旁，这里面关着很多牲口。牲口的主人睡了，棚子上了锁。他们在周围转来转去，终于发现了一个小洞，一起钻进去了。

他们咬死了很多的牲口，畅快地吃着鲜美的肉。吃了一会儿，狐狸突然想起来洞口太小，如果吃得太饱就出不去。他没有把自己的想法告诉鬣狗，自己一人悄悄钻出去了。鬣狗只顾吃，狐狸走了都没发现。鬣狗终于吃不下了，想从洞里钻出去，可是只有一半身子出去了，另外一半由于吃得太饱卡住了。就这样，鬣狗尴尬

❶心理、动作描写

鬣狗知道有吃的，像个孩子一样，说明他头脑简单。

地卡在洞口，出不去也进不来，一直到天亮。

主人看到鬣狗吃了他的牲口，拿着棍子使劲儿抽打鬣狗。① 鬣狗疼得鬼哭狼嚎，使劲一挣，终于挣脱了洞口，逃走了。

鬣狗被打得不轻，浑身有伤，一瘸一瘸地走着，心想："这狐狸是哪门子的朋友，明知道有危险还丢下我，我要找他算账去。"

② 狐狸看见鬣狗来了，知道情况不妙，赶紧躺在地上，用一只爪子按着腰，装作很痛苦的样子，说："朋友，他们差点把我打死了，你看我腿断了、腰闪了，一步也走不了。求你背背我吧！"

鬣狗轻信了狐狸的话，背起他一瘸一拐地走着。狐狸趴在鬣狗的背上，一边笑着，一边唱着："愚蠢的鬣狗背着聪明的狐狸！"

鬣狗听后生气地将狐狸摔在地上，正要打他，狐狸转眼就跑掉了。鬣狗追着狐狸来到洞里，见狐狸两个前爪扶着洞口上方。鬣狗正要扑上去，狐狸突然大声叫：③ "朋友，不要冲动！这个洞快塌陷了，要不是我用手支撑，我们早就被压死了。"

狐狸接着说："我知道哪里有很结实的木头，你替我撑一会儿，我拿木头来顶住，事后我随你处置。"

鬣狗在洞里撑了很久都不见狐狸来，却等来了洞的主人——猴子。猴子看着鬣狗奇怪的动作，说："朋友，你这是做什么？锻炼？"

❶动作描写
突出了鬣狗被打的惨状，表现出他的愚蠢。

❷动作、神态描写
狐狸装出一副被打的样子骗鬣狗，体现出他很善于随机应变。

❸语言描写
狐狸信手拈来一个骗人的把戏，还能让鬣狗相信，体现出狐狸的狡猾和聪明。

鬣狗回答道："狐狸说这里快要塌了，我得用手撑住，等会儿他拿来木头，我就可以休息了。"

猴子捂住肚子哈哈大笑："你被戏弄了，这洞结实着呢，快放下手吧！"

鬣狗又被骗了，气急了，下决心要找到狐狸报仇。

有一天，狐狸坐在蜂巢下面，手里拿着蜂房。他仔细看着蜂房，嘴里好像在说着什么。^①这时候鬣狗来了，对狐狸大声嚷道："总算找到你了，你玩完了！"

❶语言描写

鬣狗来势汹汹、自信满满，体现出他自大、急躁的性格。

狐狸不紧不慢地说："对不起，我是一只狡猾的坏狐狸，不管什么报应都是应得的。今天落在你手里，我心服口服。只是，今天是一个很重要的日子。你仔细听着，我和孩子们在唱歌，唱这本书上的歌。"

鬣狗只听到了蜜蜂嗡嗡的声音，却装作很懂的样子，说："没错，我也听到了歌声。"

❷语言描写

狐狸在鬣狗面前假装可怜，利用鬣狗的同情心，突出了他狡诈的本质。

狐狸哀求道：^②"亲爱的朋友，让我多活一天，明天再杀我，好吗？在我生命的最后时刻，请求你也拿一本书，陪我们一起唱歌！"

"书呢？在哪儿？"鬣狗问。

狐狸用手指着树上的蜂巢说："抬头看，爬到树上去，随便拿一本书就行！"

鬣狗爬到树上摘蜂房，以为那真的是写着歌的书，没想到惊扰了蜜蜂。受惊的蜜蜂成群地向鬣狗袭来，鬣狗被蜇得从树上掉下来，满地打滚儿，弄得全身都是包，而狐狸早跑远了。

精华赏析

　　这是一个鬣狗和狐狸的故事，鬣狗始终被狐狸牵着鼻子走，闹出一场场笑话，让人捧腹大笑。

延伸思考

　　1.鬣狗被畜牧棚的主人打，能全怪狐狸吗？为什么？
　　2.鬣狗为什么斗不过狐狸？

相关链接

　　故事中，鬣狗被狐狸一骗再骗，吃尽了苦头，可他不思悔改，仍然相信狐狸的话，最后结果很惨。这个故事告诉我们一个道理：上当受骗后，一定要吸取教训，不要听信谎言，以免铸成大错。

开口毙命的乌龟

名师导读

豺狼正要吃掉乌龟时，乌龟咬住仙鹤的尾巴飞到了天上。可是，没过多久乌龟就从天上掉了下来，最后还是被豺狼吃了。那么，乌龟为什么会掉下来呢？

豺狼很喜欢吃小动物的肉，每天都要出去觅食，小动物都很怕豺狼。乌龟担心被豺狼吃了，找到仙鹤求助，说：①"豺狼威胁说要吃了我，万一哪天他肚子饿了，肯定会抓走我当他的午餐。你说说，我该怎么办？"

❶语言描写
豺狼还没有来，乌龟已经开始担心害怕了，表现出他极度紧张害怕的情绪。

仙鹤回答说："不用担心，万一他来了，你就抓住我的尾巴，我带你飞走。"

一天，豺狼又出来找吃的，和乌龟离得很近。

乌龟紧紧咬住了仙鹤的尾巴。因为乌龟没有手，只能用嘴巴。仙鹤带着乌龟飞了起来，豺狼看见后，对乌龟破口大骂："我不稀罕，你这又老又丑的乌龟，肉一定很难吃。"

豺狼不停地骂着，用各种难听的话，换着花样骂。起初乌龟忍住不作声，任凭豺狼骂。到后来，豺狼骂得实在太难听了，^①乌龟忍无可忍，大声说："可恶，简直胡说，我不老也不丑！"

❶语言描写
乌龟为了逞一时口快，张嘴说话，上了豺狼的当。

乌龟张嘴说话时松开了仙鹤的尾巴，直接从天上摔到了地面。豺狼一下就按住了乌龟，说："谁可恶？谁胡说？"

乌龟乖乖求饶：^②"我说的不是你；是我可恶，我又老又丑，肉难吃，还是放我走吧！"

❷语言描写
乌龟为了活命不顾自己的尊严，表现出他狼狈不堪的样子。

豺狼正好饿了，一口吃掉了乌龟。

精华赏析

这是一个寓言故事，告诉人们不要做无谓的口舌之争。故事中的乌龟本能逃过一劫，却为了出一口气，断送了自己的性命。

延伸思考

1.仙鹤是如何帮助乌龟不被豺狼吃掉的？

2.故事中的豺狼有哪些特点？请举例说明。

3.乌龟之死给你什么警示？

乌龟送信

名师导读

乌龟要将"人死了可以回到地上重生"的决定告知人类，可是人类最后选择了蜥蜴带来的"人死后肉体要坏掉"的决定，他们为什么要这样选择呢？

相传，人类死后灵魂就会死去。"上面"很快便召开会议，决定：人死了灵魂可以回到地上重生。派了乌龟给人类送信，让它告诉人类，人可以死而复生。① 乌龟在路上没有停歇过，但是它走得太慢了，走了很久都没有到。这时新的会议决定又出来了：人死后身体要坏掉。这次派蜥蜴给人类送信。

蜥蜴跑得很快，比乌龟先一步把信送到人类手里。人类接受了蜥蜴送来的会议决定，让蜥蜴回去复命，说他们同意了。

蜥蜴走后，乌龟才来。他告诉人们，人死了还能获得重生，这是第一个会议的决定。人们知道后非常后悔，找到了首领，说："我们要乌龟带来的决定，我们

❶解释说明
乌龟虽然很努力，但是无法克服慢的缺陷，为下文埋下伏笔。

要死后可以重生。"

首领很为难，但仍坚持说：① "既然已经接受了蜥蜴带来的决定，就要遵守，何况他已经回去复命了。乌龟带来的决定太迟了，尽管是第一个！"

人们恨透了乌龟，让这么重要的信息迟到！他们瞪着乌龟，乌龟又害怕又内疚，只好缩着脖子，蜷着腿躲到壳里。

所以呢，人死后身体会腐烂，但是灵魂可以留在世上。

❶语言描写
乌龟因为慢了一步让人类失去重生的机会。

精华赏析

这个故事是对人死后为什么身体会腐烂的想象，故事充分利用乌龟慢的特点，让他当一个送重要消息的送信员，讽刺了当政者没有"人尽其才"的能力。

延伸思考

1.你对派乌龟送信这一决定有什么想法？

2.有人说乌龟是"躺着中枪"，你赞同吗？

3.这个故事蕴含了哪些深刻的道理？

索洛蒙和他的妻子

名师导读

索洛蒙失去父亲后被人陷害流落在外，流浪时得到了蚂蚁的一根胡须，因此认识了自己的妻子。这是一根什么样的胡须，有什么魔力呢？

从前，有个名叫索洛蒙的青年，他的父亲是酋长，他的母亲很坏，非常恨索洛蒙。有一天，酋长父亲去世了，索洛蒙非常伤心，每天在痛苦悲伤中度过。他的母亲趁此机会找到了新的酋长，请求他除掉老酋长的儿子。

新酋长答应了，便让索洛蒙和猎人一起打猎，暗地里吩咐猎人在树林杀了他。[1]其中一个猎人是老酋长以前的部下，对老酋长非常忠心，他把消息告诉了索洛蒙，并帮助索洛蒙逃走了。

❶解释说明
猎人帮助索洛蒙体现出他对老酋长的忠心，从侧面表明老酋长生前受人尊敬。

索洛蒙从树林逃出来后不知道去哪里，只好四处流浪。他流浪的时候遇到了一只蚂蚁，蚂蚁问他："索洛蒙，你要去哪里？"

他回答说："我没有家，没有父亲，我母亲还要杀我，我不知道去哪里！"索洛蒙把自己的遭遇对蚂蚁讲述了一遍。

①蚂蚁拔下一根胡须给他，说："拿好，在危难的时候可以帮你渡过难关。"

❶动作、语言描写

蚂蚁帮助一个素不相识的人，体现出他的善良。

索洛蒙告别了蚂蚁继续赶路。他来到山顶的房子前面，这是一个没有门的房子，他想进去休息，该怎么办呢？

他想起了蚂蚁的小胡须，于是便把胡须放在头上，他就变成了一只小蚂蚁。他从房子的缝隙里爬了进去，拿下胡须又变回了自己。房间里的小女孩看见了他，说："真神奇，你怎么进来的，你能带我出去吗？"

索洛蒙把发生在自己身上的故事告诉了女孩，女孩又说：②"这是野人季莫的房子。你想要打败他，就摘下那朵花，他的力量都在花里。"

❷语言描写

说明女孩被野人囚禁，对野人的习性了如指掌。

这时野人正好回来了，索洛蒙变成蚂蚁藏在墙缝里。野人进来后嗅了嗅说："怎么有人的气味？"

女孩说没见过什么人，野人就躺下睡了。野人睡熟后，索洛蒙从墙缝出来，变回人形，摘了花。野人醒来，变成了有十个头的巨人。索洛蒙跟野人打斗起来，打晕了野人的一个脑袋，野人满不在乎，说：③"我还有九个头呢，有本事你全打晕！"

❸语言描写

野人的骄傲自大，把自己一步步推向死亡。

索洛蒙又打晕一个头，野人还是很骄傲，说："你别想再打晕一个！"

后来，索洛蒙把花踩烂了，野人的力量消失了，十个脑袋全被打晕了，再也不能吃人了。

索洛蒙和女孩一起，带着野人的牲畜离开了这里，去了另外一个国家。他们在那里盖了房子，女孩成了索洛蒙的妻子，过着很平静的生活。

后来爆发了大面积的战争，索洛蒙长大的部落战败了，人们四处逃难。救索洛蒙的猎人也在逃难，正好遇到了他。① 他们见面后非常高兴，猎人说："你的母亲和新酋长都已经在战争中被杀掉了，现在部落里没有首领了。"

❶语言描写

　　猎人带来了部落里的最新消息，为下文做铺垫。

于是，索洛蒙和自己的亲信来到了出生的地方，夺回了他们部落的领地，成了部落的酋长。

精华赏析

故事讲述了酋长之子索洛蒙在经历父亲去世和母亲要取他性命的双重打击后，重新振作开始新生活，最终成为酋长的经过。索洛蒙在逆境中越挫越勇的精神值得我们学习，告诉我们面对困难不应轻言放弃。

延伸思考

1. 索洛蒙为什么会流浪在外？

2. 你从这个故事中学到了什么？

相关链接

　　在索洛蒙成长的过程中，有三个重要的人给他帮助，影响他的人
生。第一个是救他的猎人，第二个是赠送胡须的蚂蚁，第三个是他的妻
子，他们都是平凡的小人物。因此，我们判断一个人能否帮助别人，不
应以他是否富裕、是否强壮、是否聪明为标准。

乌龟讨木槌

名师导读

　　大雕用完乌龟的木槌后挂到了树上，想据为己有。乌龟讨要槌子失败，还吃了哑巴亏，他会善罢甘休吗？

　　很久以前，乌龟和大雕是很要好的朋友，可是后来他们友谊的小船翻了，这是怎么回事呢？

❶语言描写
　　故事用大雕借木槌拉开帷幕，为下文做铺垫。

　　有一天，大雕到乌龟家借木槌，说：<u>①"好兄弟，借你的木槌用用，我想做一件树皮衣服，过两天就还你。"</u>

　　乌龟爽快地借出了木槌。大雕的衣服做好后，没有把木槌还给乌龟，反而挂到了自己的树上。

　　很多天过去了，乌龟来到大雕的树下讨槌子，说："好兄弟，你的衣服做好了。我也要做衣服了，把木槌还给我吧！"

　　大雕指着树上的木槌，对乌龟说："木槌在这儿呢，自己上来拿吧！"

　　乌龟看了一眼树上的木槌，说："我不会爬树，你

154

取下来给我吧！"

① 大雕很轻蔑地说："你不拿算了，这可不怨我！"

乌龟空手而归，越想越生气，② 对妻子说："明天多弄点好菜，煮上好酒，我要请酋长来家里吃饭，请他找人帮忙办点事。"

第二天一早，乌龟的妻子弄好了酒菜，到酋长家里转达了乌龟的意思，于是酋长带着几个人到乌龟家。他们吃饱美食、喝好美酒后，乌龟对酋长说："请您派几个人帮忙砍倒一棵树。"

乌龟带着他们来到大雕的树下，树上住着大雕和他的亲人。他们很快就把树砍倒了，木槌从树上落下来，大雕的亲人从树上摔下来死了，大雕也被人抓住了。

乌龟拿起自己的木槌对大雕说：③ "终于物归原主了。你不还，我自有办法，这些人就是我请的。很遗憾，你的亲人死了，你也被抓了，怨不得我！"

就这样，乌龟和大雕友谊破裂，从此形同陌路。

❶语言描写

大雕出尔反尔，故意刁难乌龟，是一个贪心又不守信用的朋友。

❷语言描写

乌龟请酋长办什么事呢？为下文埋下伏笔。

❸语言描写

乌龟终于出了一口恶气，讨回了属于自己的东西。

精华赏析

大雕利用朋友的真诚，霸占朋友的东西，利用自己的优势刁难朋友，是一个恶人。乌龟想办法拿回了自己的东西，给大雕深刻的教训。这则故事说明了种恶因、得恶果的道理。

延伸思考

1. 乌龟为什么会爽快地借出木槌？

2. 大雕是一个什么样的朋友？

3. 看完这个故事，你有什么感触？

相关链接

　　大雕本可以和乌龟做很好的朋友，但是他借了乌龟的木槌，不仅不归还，还羞辱乌龟。结果最后被人抓住，实在是得不偿失。

兔子的妙计

名师导读

狮子给兔子吃最差的肉，用最破的餐具，兔子觉得不公平，又不敢说出来。后来兔子使了一个小计谋，让狮子吃最差的肉，用最破的餐具。那么，这到底是一个什么样的计谋呢？

① 兔子和狮子一起外出打猎，狮子得到了一只羚羊后背回家。狮子把不好的肉给了兔子，上等好肉留给自己；狮子用大锅煮肉，让兔子用破瓦片。兔子觉得这样很不公平，自言自语道："我一定要想个办法。"

兔子终于想出了一个妙计：

兔子先到山上找到一块石头，把石头推下山。石头往山下滚的时候，兔子一直跟着。等石头停下来，他就咬碎一些青草，吐到石头上。他做完这些后，跑回家对狮子说："你这么厉害，让石头从你身上滚过去，你能做到吗？"

狮子不作答，反问兔子："你能吗？"

② 兔子故作轻松地说："当然，小意思！"

❶语言描写
兔子对目前的待遇非常不满，为下文逆袭做铺垫。

❷语言描写
兔子用激将法引狮子上当，表现出他的聪明。

157

兔子带着狮子来到山上，让狮子亲眼看看石头从自己身上滚过。兔子说："你在上面推石头，我在山下站着，等着石头从我身上滚过去。"

狮子按照兔子说的做了。当石头从山上滚下，来到兔子眼前时，兔子把嚼碎的草吐在石头上。狮子下山来检查，看到石头就像从身上滚过一样，相信了兔子的话。① 狮子心想："小小的兔子都能做到，我就更不用说了，没什么可担心的。"

❶ 心理描写
狮子的想法反映出他不愿输给兔子的心理，说明他是一头争强好胜的狮子。

这一次，他们交换了位置。狮子在山下等着石头滚下，兔子在山上推石头。兔子找来一块很大的石头，对准狮子推了下去。石头正中狮子的嘴，他的牙齿全部被砸碎了。兔子装作很无辜的样子说："你应该把嘴巴张大一点，差点就成功了。现在这样只能先回家，我扶你吧！"

❷ 动作描写
兔子暗地里做手脚，表现出他聪明机智、心思缜密的特点。

他们回家后，兔子负责煮肉吃。② 他在狮子的锅里放了很多盐，自己的破瓦片里没有放盐。兔子端给狮子加盐的肉，狮子吃盐后牙齿疼痛剧烈，只好吃没有加盐的破瓦片里面的肉。兔子用自己的妙计，成功战胜了狮子，吃到了上等的肉，用了最好的锅。

精华赏析

这是一个兔子用自己的妙计成功逆袭的故事，用语言、心理描写刻画出了一只聪明谨慎的兔子和一头盲目自大的狮子。

延伸思考

1. 简述兔子成功逆袭的妙计。

2. 故事中的狮子有什么特征？

相关链接

狮子依仗自己的优势，欺负弱小的兔子，使兔子感到很委屈。但是，在强大的对手面前，兔子并没有屈服，他利用自己的聪明，惩罚了狮子，讨回了自己应有的权利。由此看来，强大的敌手也并非那么可怕，他们也有弱点。

兔子的"角"

名师导读

大象请有角的野兽喝酒，兔子也想去，可是他没有角。但最后他还是喝到了大象的酒，他是怎么办到的呢？我们一起在故事中寻找答案吧！

有一天，大象设宴请所有的野兽喝酒，他对野兽们说："我的酒只给长角的野兽，没有角的不能喝！"

①野兽们都怕大象，对他言听计从，其他没有角的野兽都不敢违抗。兔子却想讨一口酒，可是他没有角。"怎么样才能喝到大象的酒呢？"兔子一直想着。

他想到了一个好办法：没有角可以"借"。

他设计抓住了一只小鹿，说："借你的角一用！"说完砍掉了小鹿的角，粘到自己的头上。兔子就这样戴着"借"来的角来到大象家。

大象看到兔子"别致"的角，说："兔子的角最亮眼，就让他为我们倒酒！"

野兽们跟着大象赞美兔子的角。兔子每轮倒酒，都

❶解释说明
体现出大象的可怕，从侧面表现出兔子的大胆。

160

给自己倒得最多，后来喝醉了。这时来了一只老鹿，兔子问："你怎么来这么晚？去借角了吗？"

① "我看你喝好了没。"老鹿一边说，一边坐到兔子旁边，贴着兔子的耳朵说："你粘在头上的角要掉下来了！"

❶语言描写

老鹿识破了兔子的真面目，兔子身处险境，烘托出紧张的气氛。

大家问他俩在聊什么，兔子大笑说："老鹿还没喝，就开始说醉话，不管他。"

老鹿突然大声喊道："兔子，你粘在头上的角要掉下来了！"

兔子突然清醒过来，吓了一跳，身子一晃悠，鹿角果真掉了。兔子见露馅儿了，撒腿就跑了。

精华赏析

这是一个兔子借角喝酒的故事，塑造了一只聪明、灵活的兔子形象。故事赞扬了兔子的聪明，讽刺了大象和其他野兽的愚蠢。

延伸思考

1. 故事中的兔子有哪些可贵的品质？

2. 兔子的角是哪儿来的？

3. 读了这个故事，你学到了什么？

兔子当大王

名师导读

森林长时间群龙无首，野兽们争抢着做大王，结果凶悍的狮子、大象和犀牛全部落选，兔子顺利当上了大王。那么，兔子是怎么当上大王的呢？

野兽们的领地上已经很久没有领导他们的大王了，大家都在为这王位争论不休，大象、狮子和犀牛的呼声最高。

有一天，兔子把所有的野兽叫到一起，说要选出大王。他对野兽们说：① "我们让上天选择领导我们的大王，这是最合理的。我们把煮好的酒放在树下，问问上天谁是大王。"

❶语言描写

兔子把选大王的权力交给上天，看起来非常合理。

大家都很认可兔子的说法，商定好日子。

那天一大早，兔子提前让弟弟藏到那棵大树上。所有的野兽聚集在大树前，包括大象、狮子和犀牛等。大家把煮好的酒放在大树底下，一起喝起来。兔子说："吉时已到，让上天来选择，谁是这领地的大王！"

大象第一个出场，抬起头叫道："啊！天上的先祖，请给我们指一条明路，谁是这里的大王？"

上天没有任何回应，四周一片寂然。① 兔子说："没有回应，就表示不认同你，你不是大王！"

❶ 语言描写
兔子装神弄鬼，挨个击败竞选对手，表现出过人的智谋。

狮子第二个上场，喊道："啊！天上的先祖，请给我们指一条明路，谁是这里的大王？"

依然没有回应。兔子说："不回答，你也不是大王！"

紧接着是犀牛，还有其他凶猛彪悍的野兽，他们得到了一样的结果——寂寥无声。

兔子最后一个上场，他抬头看着天，喊道："我，兔子，真诚地问，尊敬的先祖，谁是我们的大王？"

② "兔子，就是你，最尊敬的大王！你是我最中意的人选。"上天的声音如同洪钟般响亮，所有的野兽都听到了。

❷ 语言描写
兔子让弟弟假扮上天选自己做大王，这样更能让野兽信服，进一步突出兔子的聪明。

兔子非常严肃地说："你们听清楚了上天的声音吗？"

大家纷纷点头表示听清了，大象第一个站出来说："兔子，你是我们的王！"

随后，所有的野兽站起来向他们的大王兔子鞠躬敬礼。兔子转身说："都散了吧，我的子民们！"

精华赏析

这是一个兔子当大王的故事，赞扬了兔子的聪明才智，讽刺了其他野兽的迷信和愚蠢。这个故事告诉我们：了解对手的优缺点是制胜的关键；聪明的脑子比蛮力更有用。

延伸思考

1.兔子能够当上大王的条件有哪些？

2.兔子为什么让弟弟提前藏在大树上？

相关链接

兔子利用野兽们迷信的心理，装神弄鬼当上了大王。这告诉我们一个深刻的道理：智谋往往比蛮力更有竞争力。

兔子和珠鸡的故事

名师导读

在短暂的生命历程中，如果能有个知心的朋友，那绝对是一大幸事。但有的人却利用朋友，把朋友当成自己前进的踏脚石，实在是让人心寒。下面讲述的就是这样的故事。

很久以前，兔子和珠鸡的关系很融洽。[①] 后来兔子觉得和珠鸡做朋友得不到什么好处，就想利用珠鸡结交对自己帮助更大的朋友。

有一天，兔子钻进了自己刚编好的篮子里，对珠鸡们说："朋友们，你们可以把我举起来吗？"

珠鸡们一起用力，也没办法举起兔子。

"唉，你们真没用！"兔子爬出来说，"来吧，让我把你们举起来试试。"

珠鸡们一个个钻进了篮子，兔子迅速把盖子合上，背起篮子。珠鸡非常害怕，对兔子说："朋友，你要把我们背去哪里？快放我们出来！"

兔子一句话都不说，直接把篮子背到了豹子家里。

❶心理描写……………

兔子和珠鸡是朋友，兔子却总想着从朋友身上得到好处，表现了他的卑鄙和自私，也为后文埋下伏笔。

❶语言描写

将自己的朋友当作礼物送给他人，丝毫不在意朋友的性命安危，表现了兔子的狠毒和无情。

他放下装满珠鸡的篮子，对豹子说：① "我们交个朋友吧，我给你带来了见面礼，一篮子的珠鸡。"

豹子对兔子的见面礼非常满意。后来，兔子和豹子成了好朋友。

精华赏析

兔子和珠鸡是好朋友，兔子为了自己的利益，毫不留情地出卖了自己的朋友。这个故事告诉我们，交朋友一定要慎重，真正的朋友是不会做出伤害朋友的事的。

延伸思考

1. 兔子是怎样把珠鸡装进篮子里的？

2. 兔子为什么要把珠鸡当作礼物送给豹子？

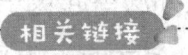

相关链接

俗话说，"知人知面不知心"，把兔子当朋友的珠鸡，结果却被兔子当作礼物送给了豹子，想一想都让人感到寒心。俗话也说，"害人之心不可有，防人之心不可无"，我们要做个好人，但也要看清坏人的真面目，不要被坏人利用和伤害。

懒惰的后果

名师导读

　　一群懒惰的青年在一间房子里睡觉，但是谁也不想伸手把房间的门关上，结果发生了什么事呢？我们一起去故事里看看吧！

太阳西下，天色渐渐暗了下来，公屋里全是来睡觉的青年，全村的青年几乎都来了。

① "嘿，兄弟，关一下门。"其中一位青年对另一位青年说。

"你没长手吗？你怎么不去关？"

大家都不吱声，就这样过了一会儿，又有一个青年开口道："兄弟，还是把门关了吧，不然不安全。"

"不去！就这么睡吧，谁运气好谁就能活下来。"

到了晚上，一头大狮子来了，因为没关门，睡在门边的青年被狮子拖走了。

② "兄弟，赶快把门关上吧，狮子已经拖走一个伙伴了。"一个青年害怕地说道。

❶对话描写

　　简单的两句对话，生动形象地表现了青年们的懒惰，引出后文。

❷对话描写

　　在极度危险的情形下，青年们竟然无动于衷，进一步表现了他们的懒惰，同时也体现了他们的麻木不仁。

167

"要关你自己去关。"其他人回答道。

就这样，仍然没有一个人起身去关门，狮子一个接一个地把所有青年都拖走了。

精华赏析

这是一个非常简短的故事，但就这短短几百字，已将青年们的懒惰表现得淋漓尽致。三段对话描写尤其传神，将青年们麻木、自私的本性充分展露出来。这样的青年是没有希望也没有未来的，我们不能成为这样的人。

延伸思考

1.文中有几个人要求关门？

2.因为没有关门，后来发生了什么事？

相关链接

这个故事里的青年都是懒惰的。有三个青年希望能关门，却指望别人去关，自己没有行动，结果也被狮子叼走了。这个故事不仅告诫我们做人不能懒惰，同时还提醒我们，凡事要靠自己，指望别人最终带来的只会是失望。

丈母娘和她的女婿

名师导读

　　青年和他的妻子结婚后，丈母娘要他去抓一只兀鹫。兀鹫是非常凶猛的动物，青年可能有去无回，但是他还是去了。他的命运将会如何，他能抓住兀鹫吗？

　　从前，有个青年和心爱的姑娘步入了婚姻的殿堂。婚后第二天，丈母娘对他说："我最勇敢的女婿，你去抓一只兀鹫回来吧。"

　　①女婿十分震惊，兀鹫是猛禽，想要抓住它不仅很难而且危险。但是他不想让丈母娘失望，带上一张牛皮就出发了。

　　他在平原上躺了下来，盖上牛皮。兀鹫以为可以饱餐一顿了，飞下来站在牛皮上，青年一下子就把兀鹫抓住了。回到家后，他把兀鹫交到妻子手上。接着对妻子说："把这个送给你母亲吧。"

　　收到兀鹫的丈母娘十分高兴，也对自己勇敢的女婿十分满意。

❶心理描写··········
　　青年明知有危险，还是去了，体现了他的勇敢。

几天后，女婿去看望丈母娘，说：

① "亲爱的丈母娘，如果您能到没有青蛙的河里打些水给我，我会感激不尽的。"

丈母娘听了十分为难，这几乎是不可能的事情，但是她依旧带上罐子出去寻找。

"请问这条河里有青蛙吗？"丈母娘问。

话音刚落，就有一大群青蛙呱呱呱地回应她。

② 失望的她又继续向前走，走到另一条小河边。

"请问这条河里有青蛙吗？"

回答她的依旧是一片蛙叫声。又累又饿的她倒在河边死去了。

村民们都对女婿的做法十分生气，把他抓住并且准备把他杀了。

"先把他带过来，看看他有什么要解释的。"酋长对大家说。

于是大家把他带到酋长跟前，酋长问："你为什么要这样对待你的丈母娘？"

③ "尊敬的酋长，是这么一回事，我的丈母娘曾让我为她抓一只兀鹫，我照做了，把兀鹫抓来送给了她。所以我也想请她为我做一件事，我只是告诉她想喝没有青蛙的河里的水，然后她就出去为我寻找了。"

酋长沉思了片刻，对村民们说："这样看来，他并没有什么错，放他走吧。"

精华赏析

丈母娘和女婿都向对方提出了难以完成的要求，女婿顺利完成，丈母娘却丢了性命。这个故事告诉我们"己所不欲，勿施于人"的道理。

延伸思考

1. 丈母娘是一个什么样的人？

2. 女婿是怎么抓到兀鹫的？

相关链接

故事中的丈母娘先对女婿提出不合理的要求，不顾女婿的安危让他去抓兀鹫，最终自食恶果。她从始至终都没有真心接纳女婿，也没表示丝毫歉意。酋长是个明事理的人，他弄清来龙去脉后，并没有惩罚女婿。这个故事说明要用真心对待身边的人，只有这样别人才会真心对你。

愚蠢的丈夫

名师导读

家里有一个愚蠢的丈夫会是一种什么体验呢？下面就有一个关于愚蠢的丈夫的故事，他蠢到不知道怎么样抓老鼠。我们一起来看看这个有趣的故事吧！

❶语言描写

老婆让丈夫去抓老鼠，引出下文。

有一对夫妇，过着平凡、普通的日子。有一天，妻子突然对丈夫说：①"最近鼠害严重，咱们的邻居每天都抓到好多老鼠，你也去抓老鼠吧。"

丈夫答应了，他来到一个老鼠洞旁边坐了下来，一个人自言自语道："亲爱的老鼠们，求你们快出来吧，我老婆让我抓你们。"

等了一会儿，没有一只老鼠出来，他又到另外一个老鼠洞坐下。

❷叙述

写丈夫抓老鼠的经过，交代他不会抓老鼠的事实，为下文做铺垫。

"老鼠啊老鼠，你们快出来吧，抓不到你们我回去没法儿跟我老婆交差啊。"

②就这样，他在每个老鼠洞口坐一坐说说话就回去了。他根本就没有把洞弄开，也没有伸手去抓，所以一

只老鼠也没有抓到。

"老婆，我抓到了。"

妻子高兴极了，她以为丈夫带了很多老鼠回来。

"把老鼠拿到这儿我看看。"

"我抓到了。"丈夫依旧这么说，但并没有把老鼠带到她跟前。

① "在哪儿呢？在哪儿呢？你抓的老鼠呢？"妻子焦急地问。

丈夫沉默不语，心虚地低着头。

"你都去干吗了？"妻子问。

"我在老鼠洞旁边跟老鼠们聊天。"

"你真是个笨蛋。明天我跟你一起去，我来教你抓老鼠的方法。"妻子伤心又无奈地说道。

第二天，丈夫把妻子带到老鼠洞旁，妻子拿起锄头便开始挖洞，老鼠跑出来就用锄头打死。

"这样你明白了吧，抓老鼠光说空话是不行的，一定要把洞挖开，然后用锄头打死老鼠。"

回家路上，丈夫一直都沉默不语，好像在思考着什么，突然，他站住不动，激动地对妻子说：② "我知道了，我知道该怎么抓老鼠了，只要把你带上，就可以抓到老鼠了。"

说完，他自鸣得意地笑了起来。

❶语言描写
说明妻子是一个性格急躁的人。

❷语言描写
丈夫经过思考得出这样的结论，真是一个蠢到无可救药的人。

精华赏析

妻子让丈夫抓老鼠，却没有抓到。后来妻子亲自示范教丈夫，丈夫却得出了一个荒唐的结论。故事幽默讽刺，令人捧腹。

延伸思考

1.丈夫是怎么抓老鼠的？

2.丈夫能学会抓老鼠吗？

相关链接

故事中的丈夫是一个蠢到家的人。这让我们明白了什么叫"愚不可及"。

脆弱的友谊

名师导读

友谊就像花朵一样，是很美好的事物，但也需要我们细心呵护，不然就很容易枯萎。让我们来看看故事中这对朋友的友谊是什么样的吧！

从前，有一对好朋友，他俩几乎是形影不离，一起打猎，打猎获得的食物再平分。

一天，他们又出去打猎，其中一人很快便找到了他射出去的箭，而他的朋友找了许久也没找到。

① "我亲爱的朋友，你可以帮我找一下吗？"

"天都快黑了，我们先回去，明天再说吧。"

"你可是我的朋友啊，你怎么能不帮我的忙呢？"

"不，我们还是先回家吧。"

"好吧，既然你不肯帮我的忙，那你就先走吧，我们的友谊也到此结束了。"

那个朋友丢下他独自离开了，没过一会儿他也把箭找到了，但是他们的友谊已经破裂了。

❶对话描写

面对朋友的请求，另外这个人毫不关心，只为自己着想。表现了他的自私自利，也为故事的结局做铺垫。

精华赏析

这篇故事的主体是对话部分。通过简短的几句对话，表现了两个朋友的性格特点：一个人认为朋友间相互帮忙是理所应当的，这是比较自我的表现；另一个人则对朋友的请求不理不睬，说明这个人很自私。两个人的性格特点，注定了他们的友谊很难长久。

延伸思考

1.一个朋友请另一个朋友帮忙干什么？

2.两个朋友的友谊因为什么而结束了？

相关链接

故事中的两个朋友，其实都是不合格的。真正的朋友更多的是去奉献和付出，而不是理所当然地索取和支配。当朋友遇到困难时，我们应该主动去帮助他；当我们遇到困难时，不要认为朋友就必须得帮助自己。我们要心怀感恩，只有这样，友谊才能长存。

酋长的最后一位谋士

名师导读

　　酋长下令杀死所有人的父亲，后来部落来了吃人的巨人，所有人都拿他没有办法。这时酋长想向有经验的老人请教杀巨人的办法，可是所有人的父亲都死了，该怎么办呢？

①很久以前，有一个部落，部落的酋长思维已经混乱，失去了理智。有一天，他对部落的人说：

　　"从现在起，我只能让青年和他们的母亲活着，你们都要将自己的父亲带过来，然后将他们处以极刑。谁要是不服从命令，那我也不会手下留情。"

　　青年们不敢违背酋长的命令，纷纷将自己的父亲带到酋长面前处决。不过，有一个青年不仅没有这么做，还顺利地骗过了酋长。他的父母都被他藏在一个山洞里，他还用大石头堵住了洞口。

　　"你父母在哪儿啊？"别人问他。

　　"他们很久以前就去世了。"他回答道。

　　②每天晚上，这位青年都会瞒着所有人，悄悄带着

❶叙述

　　故事开始交代酋长失去理智，为下文违背常理的行为做铺垫。

❷叙述

　　青年坚持给父母送食物，表明他是一个聪明又孝顺的人。

177

食物去山洞里。

有一天，部落里来了一个见人就吃的巨人，没有一个人能打败他。酋长十分害怕，再次将所有青年召集起来。

"亲爱的朋友们，你们当中有谁的父亲还活在世上吗？也许我可以向他请教一些方法。"

"酋长，我们的父亲都去世了，是您亲自将他们处决的啊！"青年们一起回答道。

"只要谁能够把他的父亲带来，我愿意将自己拥有的东西分他一半。"酋长不理会青年们的控诉，自顾自地说道。

"酋长，您说话可当真？"将父母藏在山洞的青年问道。

"我已经立下誓言了，绝不反悔。再这样下去，我们的部落就快被巨人毁掉了。"

① 青年立刻跑到山洞去，叫他的父亲出来。

"怎么了？我被酋长发现了吗？他要处决我吗？"他的父亲惊恐地问道。

"不，他发过誓不会这样做了。这次，他是要你去做他的谋士。"

他们来到酋长家里，酋长十分高兴，心里重新燃起了希望。问道："我亲爱的朋友，求求你告诉我，如何才能拯救我们的部落？我们用什么办法才能战胜

①动作描写
　　青年迫不及待地把消息告诉父亲，表现出他激动的心情。

巨人？"

①老人沉思了片刻后，说："我需要一点稀饭，还有一只羊、一条狗。"

"好！我这就去叫人给你准备。"

老人带上这些东西便出发前往巨人休息的峡谷，到了离峡谷不远的一个地方他停了下来，给羊喂稀饭吃，给狗吃的却是路边的青草。

"你在干什么？给羊喂稀饭，却给狗喂青草，你是不是疯了啊？"巨人咆哮道。

老人不回答他，继续做着他手里的事。

"老头儿，你听见没？应该是羊吃青草，狗吃稀饭。"巨人气急败坏地说。

②"请走近一点向朋友提出建议吧。"老人一边回答一边仍然那样做着。

巨人把头探出来，对着老人说道："你是傻了吗？把青草给羊吃，稀饭给狗吃，这样才是正确的。"

"请走近一点纠正我的错误做法吧。"

③忍无可忍的巨人走出峡谷朝老人走去，眼看巨人就要碰到他的时候，老人端起稀饭一下倒进巨人的眼睛里，狗一下子扑上去咬住了巨人的鼻子，山羊的角抵住巨人的下颚，老人立刻用铁链将巨人的脖子牢牢锁住。躲在草丛中的青年们看到这一场景后跳了出来，用长矛刺向巨人，再用石头砸向巨人，巨人就这样死掉了。

---

❶语言描写········

父亲需要的东西都非常普通，这些东西真能杀死巨人吗？

❷语言描写········

面对咆哮的巨人，父亲表现得非常镇定，体现出无穷的智慧。

❸动作描写········

老人精心策划智斗巨人，表现出他是一个有勇有谋的人。

大家将巨人的肚皮划开，之前被巨人吃掉的人全都走了出来，部落的人们都十分高兴，举行了一个大型的庆祝会。酋长兑现了自己的诺言，将自己拥有的东西分给了那个青年。

精华赏析

故事中的酋长要杀光所有人的父亲，不给他们留一条活路，等到大难临头才后悔。幸好有一个充满智慧的父亲给他解了燃眉之急。这个故事告诉我们：做任何事情都不能太绝，给别人留一条路，也是给你自己留一条路。

延伸思考

1. 青年用什么方法保住了父亲的性命？

2. 请简述父亲打败巨人的方法。

3. 你觉得酋长是一个什么样的人？

相关链接

父亲抓住了巨人自以为聪明的特点，故意在他面前做看似愚蠢的事，成功引巨人出谷，最后杀死巨人。这个故事告诉我们，不要为别人的愚蠢恼怒，也不要强行更正别人愚蠢的行为。

阿格邦的故事

名师导读

　　有一个叫阿格邦的穷人，他过着衣不遮体、食不果腹的生活，住在废弃的白蚁巢里，靠吃棕榈果为生。后来他却成了国王，他是怎么坐上国王宝座的呢？

　　① 很久以前，有一个叫阿格邦的人，用一贫如洗来形容他是最恰当不过的了。他没有房子，只能住在一间用茅草搭起来的窝棚里，他没有衣服遮羞御寒，没有食物饱腹。白天，阿格邦懒洋洋地晒晒太阳少活动以节省些能量；到了晚上，他只能孤零零地躺在窝棚里看星星。

　　突然有一天，他脑海中闪过一个念头：离开此地！他不想再这样等死，离开这儿，兴许他能找到更好的出路。他寻寻觅觅，却没有找到一个可以容身的地方。阿格邦晚上睡在一个废弃的白蚁巢，每天靠吃棕榈果度日，这样的日子大概持续了几个月光景，他已被折磨得瘦骨嶙峋、气息奄奄。但是他的内心深处无比渴望活下去，也许正是这份渴望让他坚持了下来，所以每天清

❶叙述

　　文章开门见山指出阿格邦非常穷，自然引出下文。

❶语言描写……

体现出阿格
邦是一个非常热
爱生命的人，为
下文做铺垫。

❷叙述……

把穷人和阿
格邦进行比较。
他们有相似的遭
遇，但他们对待
生命的态度却截
然不同。

❸动作、语言描写……

说明阿格邦
是一个容易感到
满足，且积极乐
观的人。

晨醒来，阿格邦都会无比感激地向真主祷告：① "谢谢你，我万能的真主。谢谢你让我多享受一天生命。"

② 与此同时，在同样的地点，一个同样一贫如洗的穷人因为生活遭遇太悲惨而产生了寻短见的念头。他用身上最后的钱买了一点阿吉季和耶科（两种非洲传统食品，用玉米粉做的甜糕），带上一条粗麻绳就往树林里走，因为他不想做饿死鬼，便决定吃完再说。他将麻绳拴在树上，然后坐了下来，一想到自己马上就要死了，他不禁悲从心起。就这样，他坐了整整一夜，天快亮的时候，他实在饥饿难耐，拿出食物大口吃了起来，吃完后把叶子随手一扔，正好扔进了阿格邦的白蚁巢穴里。早晨，因为饥饿而醒过来的阿格邦看到掉下来的阿吉季和耶科的叶子，③ 高兴得手舞足蹈，他一边贪婪地舔着残渣，一边嘴里又不停地祷告："感谢真主，感谢万能的真主。"

想要寻短见的那个人听到阿格邦的声音，便从树上爬了下来，在和阿格邦说话聊天中将自己之前寻死的事情告诉了他。

阿格邦惊讶得合不拢嘴，对他说："我没有房子住，只能在这白蚁巢穴睡觉，没有食物只能吃棕榈果，我都七个月没有见过钱了。就是这样的境况我都没有想不开，你为什么要自寻短见呢？如果因为贫穷就想不开，真主也不会宽恕你的。前方的路那么长，你又还这么年轻，应该努力去寻找自己的幸福。将来你过上幸福生活的时候，希望不要忘了是我给了你真诚的建议哦。"

①听完阿格邦的话，他感觉醍醐灌顶，内心也开始振作起来。就这样，他告别了阿格邦，开始踏上了新的征程。

没走多远，他碰到了几个差役，他们来自一个大城堡。由于国王去世了，找不到合适的继承人，长老说要遵照真主的安排寻找一个合适的能够成为他们的新国王的人，便派他们出来寻找。

这几个差役也看到了他，问道："你是谁？"

"我是从其他国家来的。"穷人回答道。

②听了他的回答，差役们喜笑颜开，他们不费吹灰之力便找到了命运安排的国王继承人。差役们把他带了回去，成了他们的新国王。

时间一晃就过了七年，国王都快忘了他曾经因为贫穷想不开的往事了。现在他吃穿不愁，只要他说一声，想要的任何东西都会有人拿到他跟前。有一次，他心血来潮特别想吃阿吉季，侍卫买回来后，他拿起一块撕开树叶，就在这时，他猛然想起了阿格邦。

国王带着侍卫去寻找阿格邦，他仍住在那个废弃的白蚁巢穴里。③看到这么多人围着自己，阿格邦以为自己要被他们杀掉，害怕得颤抖起来，毕竟他是一个一无是处的穷人。侍卫们将他带到国王跟前，但是阿格邦并

❶心理描写
　　阿格邦的乐观打动了穷人，从侧面突出阿格邦乐观的生活态度。

❷叙述
　　穷人思想转变后命运也转变了，得到了幸运之神的眷顾。

❸心理描写
　　表现了阿格邦已经很久没有见到这么多人。

没有认出他来。

"你还记得我吗？七年前，我因为贫穷而一时想不开，是你开导了我，救了我一命。"国王说。

听他说完，阿格邦才想起来这回事。就这样，国王将阿格邦带回去做他的助手。生活变好了，但阿格邦依旧像以前一样天天向真主祷告，感谢真主赐予他现在的幸福生活，国王却不曾这样做过。

在富丽堂皇的王宫里，有七个房间，已经逝去的老国王临终前交代：<u>①无论什么时候，无论是谁，都不能打开第七个房间的门。</u>所以现任的国王一直不敢去打开第七扇门。

❶语言描写
越是不让做的事情，就越能引起人的好奇心，此处为下文埋下伏笔。

终于有一天，国王实在是忍不住了，他想进去一探究竟，他还叫来阿格邦，想让他和自己一起进去看看。②打开房间的门，国王走了进去，阿格邦却站在原地一动不动，<u>他心里牢牢记着真主的教诲："不听老人言，吃亏在眼前。"</u>

❷心理描写
阿格邦的想法，体现出对真主的虔诚。

就在国王走进房间的那一刹那，"砰"的一声门就被关上了，害怕的国王想往回走，却发现自己已经不在王宫了，他感觉身边的一切场景既熟悉又陌生，最后他恍然大悟，自己回到了以前居住的城市，他又变回了一个穷人。

国家又没了国王，推选新国王的时候阿格邦当选了。

精华赏析

　　这个故事讲了乐观的阿格邦从一个穷人变成国王的经过。阿格邦不管处境如何窘迫，都会感恩又活了一天；不管活得多么落魄，都会爱惜自己的生命，对生活永远抱着积极乐观的心态。

延伸思考

1.阿格邦为什么要住在废弃的白蚁巢穴？

2.阿格邦是怎么进的王宫？

3.阿格邦身上的哪些品质值得我们学习？

相关链接

　　每个人都会陷入和阿格邦相似的困境，但并不是每个人都能像阿格邦一样乐观，一样热爱生命。积极乐观的心态不一定可以让你改变命运，但是消极悲观的态度一定会让你过得越来越糟糕，直到过不下去。

第一次打雷

名师导读

　　小鸟依罗贡打伤了小老鼠爱莉丽，爱莉丽先后叫来大象和水牛为她报仇，但他们先后都败给了依罗贡。最后爱莉丽请来了绵羊，绵羊也会败给依罗贡吗？

　　有一只小老鼠，她的名字叫爱莉丽，大象、水牛、绵羊是她的三个儿子。三个儿子都以种地为生，但是种的作物不同。种奥克罗的是大象，种奥松的是水牛，种依格巴的是绵羊。①秋天到了，作物都成熟了，三个孩子纷纷邀请母亲到自己的田地里挑选喜欢的作物。

　　这是爱莉丽第一次到田地里来，她摘了些奥克罗以及奥松。她第二次来的时候，竟在田地间大骂了起来，原来，田里的食物被偷了一部分。

　　这时，一只名叫依罗贡的小鸟飞了过来，对她说："奥克罗、奥松、依格巴都是我偷的，你能把我怎么样？"说完他还嚣张地拿起一根小木棍打了爱莉丽一顿。

　　爱莉丽拖着满是伤痕的身体回到家里，将自己的遭

❶叙述

　　体现了三个儿子对母亲的孝顺，同时为下文做铺垫。

遇告诉了大象。①大象气得跳脚，居然有人欺负他的母亲，他一定要亲自去教训一下这个不知天高地厚的家伙。

❶动作、心理描写

写出大象得知母亲被欺负后的反应，表现出大象的暴躁和自大。

大象和他的母亲一起来到田地里，母子俩开始破口大骂，那只叫依罗贡的小鸟又飞了出来，还用鞭子把大象也打了一顿。他们好不容易回到家中，将事情经过告诉了水牛。水牛十分震惊，居然有动物能打败庞大的大象，他决定去一探究竟，并且为家人报仇雪恨。

第二天，水牛带着爱莉丽又去了地里，依罗贡飞出来将水牛也打得遍体鳞伤。他们回到家想将此事告诉绵羊，却被大象告知绵羊去市场买东西还没回来，爱莉丽便亲自去找他。绵羊和爱莉丽在半道上就相遇了，爱莉丽将她和大象、水牛的遭遇完完整整地告诉了绵羊。②绵羊气得一把将担子扔掉，他要去会会依罗贡。

❷动作描写

绵羊生气时的表现，突出了他对家人的爱护。

到了地里，爱莉丽扯开嗓子大骂起来，从林子中飞出来的依罗贡和绵羊还没说话便投入了战斗，他们不分上下，即使都受了伤也一直咬牙坚持，照这样看来，一时之间还难以决出胜负。直到绵羊的角断了，依罗贡的爪子断了，他们才停手。他们分别回家取新的角和新的爪子，然后再接着打。

绵羊和依罗贡都派出了自己的妻子，令人想不到的是，依罗贡的妻子竟然是一条狗。③爱莉丽知道狗都很贪婪，于是她把一块烤熟的肥猪肉挂在依罗贡家的门上，狗回到家后，看到悬挂着的肥猪肉，高兴得将取爪

❸动作描写

爱莉丽用肥肉拖住狗，体现出她的聪明。

子的事儿忘得一干二净。可是肉挂得太高了，她抓不到也舔不着，她坐在门口，贪婪地张大嘴巴等着油掉进嘴里。

"依罗贡，来呀，继续战斗啊。"绵羊高兴地对依罗贡说。

"再等一下，我的老婆还没把新爪子送来。"依罗贡语气有些着急，往家的方向看去，只见他的老婆傻傻地坐在门口，眼睛直愣愣地盯着肉。

❶语言描写
反映出依罗贡紧张的心情。

① "你在干什么？赶紧给我把新爪子拿来。"依罗贡大喊道。

"我可管不了那么多了，看招吧！"

❷叙述
交代打斗的结局，依罗贡由于没有新爪子被打败。

② 他们又厮打了起来，没有新爪子的依罗贡根本打不过换上新角的绵羊，依罗贡被打得浑身是伤，倒在地上求饶。

从那以后，只要一打雷，绵羊就会一边用爪子刨地，一边大喊着："接着打，我还没跟你打完呢。"而战败后的依罗贡则休了自己的妻子，他从林子里搬了出来，在陆地上栖居。

绵羊和依罗贡打斗发出的声音就是第一次雷声。

精华赏析

这是一个精彩绝伦的故事，使用许多语言、动作描写，精彩地描绘出绵羊和小鸟打架的画面，让读者的情感随着情节时起时落。

延伸思考

1. 试分析小鸟依罗贡的性格特征？

2. 绵羊胜利的原因有哪些？

3. 你在这个故事中学到了什么？

相关链接

爱莉丽的三个儿子不仅让母亲挑选食物，还让欺负母亲的人得到教训，是三个特别孝顺的孩子。尤其是绵羊，在两个哥哥战败后，利用勇敢和智慧，与母亲联手，终于制服了对手。

猫住在家里的原因

名师导读

　　野兽们一起做了一面鼓，可是没有人会敲鼓。后来野兽们听到了鼓声，忍不住跳起舞来，可他们却没有见过敲鼓的人。那么，到底是谁在敲鼓呢？

　　有一天，许多野兽聚集在一起，他们打算做一面鼓，所以每只野兽都要贡献一张皮子。除了爱莉丽，其他野兽都交了，野兽们问爱莉丽："你为什么不带皮子来？"

　　① "你们看，我的身体太小了，找皮子对我来说实在是太困难了。"爱莉丽回答道。

❶语言描写
　　交代爱莉丽不交皮子的原因，与开头相呼应。

　　"那你走吧，反正你对我们没有一点帮助。"

　　爱莉丽便假装离开了，在她的洞穴里躲了起来。

　　皮子很快就集齐了，野兽们做好了一面鼓，但是他们都不会敲，只能无奈地把它放在树林里，便外出觅食了。

　　看见野兽们都走了，爱莉丽从洞里爬出来，看到放在那儿的鼓她兴奋极了，跳到鼓上就敲了起来。

① 在林子里寻找食物的野兽们听见了"咚咚咚"的鼓声，情不自禁地踩着鼓点跳起了舞。他们高兴且疑惑地说道："是谁呢？是谁在敲鼓呢？"

❶侧面描写
写野兽听到鼓声后的反应，从侧面突出鼓声好听，表现出爱莉丽鼓敲得好。

不一会儿，鼓声停止了，野兽们回去寻找敲鼓的人，却什么也没发现。原来，敲累了的爱莉丽回到洞里休息去了，野兽们既想要找到是谁在敲鼓，又必须要出去觅食，最后他们决定让狐狸留下来。

等了好久，一直没有敲鼓人的踪影，饿极了的狐狸向树林里跑去，他需要找点食物。就在他走后不久，爱莉丽钻出洞穴，跳到鼓上又欢快地敲了起来。

② 鼓声一响起，树林里的野兽们又开始跳起舞来，狐狸也快乐地跳着舞，浑然忘记了应该去抓住敲鼓的人。鼓声停止了，他才反应过来，朝着鼓的方向飞奔而去。

❷动作描写
进一步强调爱莉丽鼓敲得好。

野兽们回来后询问道：

"是谁在敲鼓？"

"我……我没看见，我的肚子实在是太饿了，就跑到树林里找食物去了。"狐狸心虚地回答道。

"还是让我来看守吧，狐狸太不负责任了。"猫对大家伙儿说道。

③ "好吧，但是你一定不能吃掉敲鼓的人，不然就没人来当首席鼓手了。"

❸语言描写
说明猫一向比较贪吃。

"好，我保证。"

就这样，野兽们又回到林子里觅食去了。

爱莉丽再次从洞穴里出来，跳到鼓上敲了起来，她的技术很好，鼓声很好听，猫静静地坐着欣赏了好一会儿最后才将她抓住。他仔细打量着爱莉丽，竟觉得这个小东西十分美味，忍不住咬下了她的一只爪子，实在是太好吃了，这下猫完全停不下来了，不一会儿，爱莉丽便被他完全吃掉了。

❶语言描写⋯⋯
野兽们急促地追问，体现出他们要见到敲鼓人的激动心情。

① "抓到敲鼓的人了吗？"回来后野兽们迫不及待地问。

"抓到了。"

"在哪儿呢？在哪儿呢？"

"抓到了。"猫还是这样回答道。

"人呢？在哪儿？"野兽们有些生气了。

"我，我忍不住把她给吃掉了。"猫心虚地说道。

❷动作描写⋯⋯
野兽们对猫的惩罚，表现出他们对猫的憎恨和失去优秀鼓手后的痛心。

② 愤怒的野兽们将猫揍了一顿，并且把他赶了出去，永远不准他再回到树林。从那以后，猫再也不敢去树林里了，只好在人类的家里住着。

精华赏析

　　这个故事讲了猫被野兽们赶出森林的原因：贪吃的猫吃掉了野兽们选中的首席鼓手。这个故事告诉我们用人不当不如不用的道理。野兽们让贪心的猫抓鼓手，就是用人不当，造成的结果是鼓手被吃掉。

延伸思考

　　1.野兽们为什么只派一只野兽抓鼓手？

　　2.狐狸为什么没有抓住鼓手？

　　3.这个故事什么地方最吸引你？

相关链接

　　猫因为嘴馋，吃掉了一个优秀的鼓手，简直是一大损失。这个故事告诉我们：不能为了一己私利损害大家的利益，当自己的利益和集体利益产生冲突时，应该舍小我，取大我。

乌龟背有裂缝的原因

名师导读

闹饥荒那年，乌龟饿得浑身无力，但是他的朋友，一个叫黛拉的小男孩总有食物，每天都精神焕发。那么，小男孩哪儿来的食物呢？为什么他不跟朋友分享呢？

有一个叫黛拉的小男孩儿，他和一只十分聪明的小乌龟是非常要好的朋友。有一年，饥荒特别严重，小乌龟常常被饿得浑身乏力，但是黛拉却精神十足，因为他找到了一个食物充足的地方。

① "黛拉，你为什么这么狠心地对待你的朋友呢？你能找到食物却从来不与我分享，我都快饿死了，你倒是一天比一天精神，甚至还长胖了。"乌龟充满怨念地说道。

"不是我不想告诉你，是你太聪明了，我担心告诉了你地方，你会不经我的允许去觅食。"黛拉回答道。

这一天，黛拉决定带上乌龟去他的秘密基地，因为他实在是受不了乌龟每天的乞求了，并且乌龟向他保证

❶语言描写

乌龟利用同情心让黛拉与他分享食物，验证了他的聪明。

一定不会单独行动。

走了很远的路，他们在一座峭壁前停了下来，只见黛拉念叨着一串咒语："黛拉主人来了，石门赶快打开。"

① 石门打开了，洞里全都是美味的食物，他们大吃了一顿，乌龟还悄悄带走了一些，他想带给他的老婆。

就在第二天，趁着黛拉外出办事，乌龟对全村的野兽说要请他们吃大餐，他将野兽们带到了黛拉的秘密基地。② 乌龟模仿黛拉的声音念着咒语，石门马上就打开了，野兽们看见食物都一股脑地冲了进去，不一会儿，洞里就只剩下一些食物残渣了。乌龟走在最后，他又要给他的老婆带点食物回去，当他准备出去的时候，正好被正在关闭的石门夹住了，使他动弹不得。

就在这时，黛拉来找食物了，看见被夹住的乌龟，他先是十分惊讶，而后又十分愤怒，大吼道："你这是怎么回事？不是说好的没有我的允许你不会来吗？"

"黛拉，你先把我放出来我再跟你说。"

③ 黛拉念起了咒语，饿极了的他等不及听乌龟的解释，就径直走进山洞里找吃的。结果，里面除了残渣什么都不剩了，生气的黛拉一把将乌龟抓起来准备揍他。

"等一下，等一下，你听我解释。黛拉，这件事是我不对，我没忍住，将这件事告诉了全村的野兽，是他们将食物吃光了，你不能只怪我一个人，我……"

❶动作描写
乌龟偷带食物违背了承诺，但却表明他是一个有责任心的丈夫。

❷动作描写
乌龟与野兽们分享食物，表现出他的善良和大方。

❸动作描写
黛拉等不及要吃食物，他是一个非常性急的人。

"住嘴！我不想听你废话！"饿急眼的黛拉将乌龟使劲往石头上一摔，乌龟壳瞬间就变成了一些碎片。

①解释说明

讲述乌龟壳上裂缝的来历，与文章的标题相呼应，使文章的结构更完整。

① 一群蚂蚁把这些碎片捡起来一块一块地拼起来，但他们始终无法将乌龟背修补好，因为有些碎片已经掉到悬崖下面了。

直到现在，乌龟背上一直有许多裂缝。

精华赏析

这个故事介绍了乌龟背上裂缝的来历。本文用一个短小有趣的童话故事回答问题，让枯燥的问题变得生动有趣，给读者留下深刻印象。

延伸思考

1.黛拉担心乌龟泄密，为什么还要告诉乌龟食物的秘密？

2.你喜欢故事中的乌龟还是黛拉，为什么？

3.这个故事哪里最吸引你？

相关链接

故事中的乌龟虽然欺骗了朋友，但是他把食物和野兽们分享，是一只非常善良的乌龟。而黛拉不愿分享食物，体现了自私的性格；不等乌龟解释就将乌龟摔在地上，体现了他冲动急躁的性格。

鹦鹉的故事

名师导读

贝壳请鸟类朋友帮他偷鹦鹉的房子，前两次派去的鸟类都被鹦鹉啄死了，就连迅猛的老鹰也死了，最后派去一只小鸟却成功偷走了房子，那么它是怎么成功的呢？

有一天，鹦鹉和贝壳吵得不可开交。

"我要建一座世界上独一无二的房子。"贝壳说。

"哼，我要建的房子比你的更大、更豪华、更漂亮。"鹦鹉说道。

他们吵完便立刻投入了建房子的行动中。① 贝壳的房子是用贝壳建成的，鹦鹉跟朋友们借来许多羽毛建了一座漂亮的房子，比贝壳的房子要大。

贝壳气急败坏，也很不甘心。于是，他想了一个办法并请来了小鸟。

"你们能不能帮忙把鹦鹉的房子偷走？"贝壳说。

鹦鹉只有青蛙一个朋友，所以没有一只鸟儿来告诉他贝壳想要把他的房子偷走的事儿。他现在需要努力挣

❶叙述
鹦鹉的房子又美丽又大，把贝壳的房子比下去了，这样写可为下文做铺垫。

钱还债，因为他造房子的羽毛是向其他鹦鹉借的，相比之下，贝壳整天无所事事。

①有一天，鹦鹉需要到很远的地方工作，因为放心不下房子所以让青蛙帮忙看家。他刚一离开，贝壳就和几只小鸟来了，害怕的青蛙吹响了笛子，这是她和鹦鹉定好的暗号，只要有危险，就吹响笛子。听见笛声的鹦鹉，立刻往家里飞去，回家途中遇到几只去偷他房子的小鸟，他毫不留情地将他们啄死了。

②"我回来了，你不用害怕。谁要是不识好歹想偷我的房子，我就让他知道我的厉害。"鹦鹉对青蛙说。

第二天，仍不死心的贝壳问小鸟们："这次派谁去？"

"让我去会一会鹦鹉。"老鹰站了出来。

他刚到鹦鹉的房子门前，青蛙就吹响了笛子，听到笛声的鹦鹉又立刻赶回来进行战斗，最后打败了老鹰。

贝壳依旧不甘心，问道："还有谁敢去？"

小鸟们都犹豫不决，没有谁敢站出来。

"我！"

③大家向声音的源头望去，发现自告奋勇的是一只名叫阿罗尼的小鸟。

"你长得这么小，能行吗？"大家狐疑地问道。

"不试试怎么知道呢？只要给我七个科里（用作钱币的贝壳）就好了。"

因为也没有其他人敢站出来，大家也就同意了让阿罗尼去。

阿罗尼拿着钱在市场上买了一些食物和辣椒，走到鹦鹉家门口，假装真诚地对看门的青蛙说："青蛙女士，您吹的笛子可真是太动听了，不知道我有没有这个荣幸可以欣赏一下您的笛子呢？"

收到赞美的青蛙毫无防备地将笛子递给了阿罗尼，①阿罗尼表面上认真欣赏笛子，暗地里却将食物和辣椒塞了进去，还不住地夸赞笛子很漂亮。阿罗尼将笛子还给青蛙，随后便开始偷房子。青蛙见状拿出笛子开始吹，她一吹就有个东西掉进嘴里，吞掉之后又吹，还是有东西掉下来，来回几个回合的功夫，阿罗尼已经把房子偷走了。

最后，青蛙终于把笛子吹响了，鹦鹉赶回来发现房子已经被偷走，他一刻也不耽搁，径直往贝壳的家飞去。谁知，贝壳房子的七扇门都紧紧关闭着。鹦鹉拼尽全力啄开了一扇又一扇门，但第七扇他怎么也啄不开，因为这扇门是用铁做成的。②不死心的鹦鹉一直啄，一直啄，直到把自己的嘴啄弯了才停下来。自那以后，鹦鹉的嘴再也变不直了。

❶动作描写
阿罗尼说好话拿到了笛子，还做了手脚，表现出他的狡猾。

❷解释说明
交代了鹦鹉嘴巴弯的原因，表现出鹦鹉执着的一面。

精华赏析

本文围绕鹦鹉的弯嘴，讲述了一个非常有趣的故事。故事中鹦鹉的嘴是啄贝壳啄弯的，这样的幻想非常巧妙，充满了童趣。

延伸思考

1.贝壳为什么要偷走鹦鹉的房子？

2.老鹰被打败后，小鸟们为什么会害怕？

3.鹦鹉和贝壳，你更喜欢谁，为什么？

相关链接

故事用了很多的语言描写和动作描写，生动形象地刻画了性格刚烈的鹦鹉、胆小的青蛙、聪明的小鸟和不服输的贝壳，这些角色仿佛从书中走出来了，使故事充满了无限的童趣。

忘恩负义的后果

名师导读

羚羊逃命时遇到了好心的大树，大树用粗壮的树干和浓密的树叶为羚羊打掩护，羚羊就不用终日逃亡了。后来羚羊被猎人发现，死在了枪口之下。猎人是怎么发现羚羊的呢？

①羚羊特罗因为体形高大常常被猛兽和猎人发现，整日都忙着逃命。有一次，特罗已经连续奔跑了好几个小时，累得筋疲力尽，无力地靠在一棵大树上大口喘着气，将自己的悲惨遭遇告诉了这棵名叫科佐的大树。

"特罗妹妹，摆脱捕猎者可以说是世界上最简单的事了。当你遇到危险的时候，你就到我这儿来吧，我宽大的枝干足够你藏身了，并且还有茂密的树叶可以把你盖得严严实实的，我一定可以护你周全。"

就这样，特罗和大树成了形影不离的好朋友。特罗十分感激科佐的帮助，她再也不用过担惊受怕的逃亡生活了，相反每天还过得十分舒坦。

②一天，睡得懒洋洋的特罗感觉肚子饿了，但她又

❶解释说明
交代了羚羊的生活状态——提心吊胆又辛苦。

❷动作描写
羚羊舒服得丧失了奔跑的动力，又因懒惰起了贪心，为悲惨的结局埋下伏笔。

不想出去觅食，便吃起了科佐的树叶。

"你这个笨蛋，快给我停下。你就是这么报答你的救命恩人的吗？"科佐气急败坏地说道。

特罗一副满不在乎的样子，对大树的话置若罔闻。就这样，特罗再也不想冒着危险出去觅食了，天天都吃着科佐鲜嫩可口的树叶，只要是她够得着的地方，几乎没有一点树叶了。

几天后，猎人从此地经过，一眼就看见了正在呼呼大睡的羚羊，由于没有树叶遮蔽，羚羊十分容易被发现。猎人拿出枪，瞄准羚羊，随着一声枪声，羚羊便倒在了血泊中。

① 羚羊用生命告诉了我们一个道理：忘恩负义的人是没有好下场的。

读书笔记

❶总领全文
结尾处总结了故事的主旨，具有深化主题的作用。

精华赏析

故事中的羚羊因为懒惰和忘恩负义吃掉了可以藏身的树叶，让自己暴露在危险中，继而死在猎人的枪口下。故事告诉我们：要珍惜曾经帮助过我们的人。

延伸思考

1.羚羊藏在大树下后，生活发生了什么变化？

2.羚羊为什么要吃大树的叶子？

3.这个故事让你悟出了什么道理？

懒姑娘的蜕变

名师导读

多格别是一个非常漂亮的姑娘，一个青年想要娶她，可是多格别的父母拒绝了青年，惹得多格别哭了整整一天。多格别的父母为什么要拒绝青年，惹得女儿伤心呢？

多格别出生在一个普通家庭，她的其他兄弟姐妹都常常做一些家务事来帮助父母，①但多格别既不想学，也不想做，于是她成了远近闻名的懒姑娘。

成年后的多格别长得十分漂亮，一位来家中求婚的青年就是看上了多格别的美貌。不过，多格别的父母拒绝了青年的请求，他们认为青年娶了多格别是不会幸福的，她连阿卡萨（面包，埃维人和达荷美人的一种传统食物）和棕榈酒都不会做，和她一起生活简直是太不幸了。

青年离开后，多格别哭了整整一天，入睡时脸上都挂着泪珠。②早晨醒来后，她像是变了个人似的，她恳请母亲教她做家务事，她决心改变自己，不想再背着好

①解释说明

文章开门见山点明多格别因为懒出了名，让读者对她有一个初步的认识。

②解释说明

多格别伤心过后，决心改掉懒惰的习惯，她是一个知错能改的好姑娘。

吃懒做的名号。

母亲说："我亲爱的女儿，这一点都不难。我先教你做阿卡萨吧，首先，你需要把玉米在水里浸泡整整一天，然后磨成粉末，随后再放进水里，这个步骤是为了筛掉麸子。接下来，把面团放到水里去煮，一边加水一边搅动，煮到面团浮起来就可以了，然后就可以用它做面包。最后，用树叶一卷，就可以拿到市场去卖了。"

又过了一天，清晨醒来的多格别向父亲要了一些钱，从市场上买回一些玉米，按照昨天母亲教的方法，做了不少阿卡萨并拿到市场上去卖。往后天天都如此，多格别挣了许多钱。

不久后，又来了一个向多格别求婚的青年，他在市场买了一些阿卡萨问候多格别的家人，一番相处下来，多格别的家人对这位青年十分满意。

"这个阿卡萨是我在市场上买的，口感可真好，也不知道是谁做的。"青年说。

"这些都是多格别做的。"多格别的家人告诉他。

❶心理描写
从侧面写多格别美丽又能干，这样更能突出她的华丽蜕变。

① 青年高兴极了，多格别不仅漂亮，做的阿卡萨还这么好吃。他更加希望自己能够娶多格别做妻子了。

多格别对青年也十分满意，他们情投意合。不久后，青年和多格别结婚了，多格别美丽又勤劳，丈夫对她疼爱有加，他们的生活十分幸福美满。

精华赏析

多格别十分美丽，但是个懒姑娘，青年来求婚，父母没有答应。因为父母认为，只靠美貌，俩人在一起不会幸福。后来多格别改掉自己的坏习惯，向母亲学习，变得勤劳能干，也得到了完美的婚姻。

延伸思考

1. 是什么让多格别下定决心改变自己？

2. 多格别是一个什么样的女孩？

相关链接

故事讲述了多格别从一个懒姑娘变成一个勤劳的好姑娘的经过。这告诉我们：只要肯努力，就一定不会比任何人差。

兔子的故事

名师导读

大旱的时候，野兽们为了挖井找水，全都割下了自己的耳朵尖以此榨油换来了锄头，最终挖出了井水。而兔子却没有参与这次行动。那么，他怎么才能喝到水呢？他又会有怎样的结局呢？

有一年全球大旱，大地干涸得裂开一条条口子，到处都找不到一滴水。①野兽们没有食物，没有水源，急得团团转，他们聚在一起商量该怎么渡过难关。

❶解释说明
体现出他们团结一致的精神。

"现在我们该怎么办呢？大家有没有能渡过此次难关的办法？"一头野兽说。

野兽们七嘴八舌地讨论起来，最后达成一个共识：他们将自己的耳朵尖割下来，榨了油去市场换钱，然后买一把锄头来挖井，这样就有水喝了。

野兽们都认为这个办法不错，纷纷割下了自己的耳朵尖。但是兔子十分不愿意割下自己的耳朵尖，其他野兽虽然觉得很奇怪，但也没说什么，他们用卖油得到的钱买了锄头。

① 野兽们在一个干涸的湖里用锄头挖井，挖了很久，终于挖到水了。野兽们高声欢呼，激动得跳了起来，兔子躲在远处看着。

"有水了！有水了！我们不会被渴死了。"所有野兽围在水井边欢呼雀跃。

② 中午阳光最毒辣的时候，大伙儿都躲在家里不敢出来。这时候拖着卡列巴萨（一种硬果壳，可以盛水）的兔子往井边走去，卡列巴萨发出咚咚咚的声音，像打鼓一样。在井边看守的野兽被吓了一跳，声音越来越大，最后他落荒而逃。

逃跑的野兽将中午的怪事告诉其他野兽，大家都很害怕，就决定今天不再去井边了。而就在这时，兔子正享受着可口的井水，喝完后甚至跳进去洗了个澡，井水一下就变浑浊了。

第二天，野兽们去打水喝，发现井水变得浑浊了。

"有人在破坏我们的井，我们得想个办法才行。"野兽们说。

③ 于是，他们扎了一个稻草人并且涂上了一层黏土，立在了井边。野兽们躲在不远处的草丛里，顶着烈日，他们要揪出这个破坏井水的人。

兔子又拖着卡列巴萨来了，他并不知道自己的一举一动都被身后的野兽们看到了，他径直走到稻草人跟前，向它打招呼却得不到回应，反复了几次还是这样。

❶动作描写⋯⋯⋯⋯
野兽们激动的表现被兔子看见了，暗示兔子有了偷水的想法。

❷动作描写⋯⋯⋯⋯
兔子选择在看守最薄弱的时候实施计划，体现出他的聪明。

❸动作描写⋯⋯⋯⋯
野兽们在稻草人上涂黏土有什么用呢？这样写为下文埋下伏笔。

"你是谁？转过来让我看看！"兔子怒气冲冲的，说完便伸出右爪打稻草人，结果右爪被黏土粘住了，他伸出左爪同样也被粘住了，他使劲儿挣扎到最后整个身体都粘在了稻草人身上。

野兽们赶过来，发现被粘住的是兔子。生气地说：① "你真的是太可恶了，你不愿意割下耳朵尖来凑钱买锄头挖井，反倒还来破坏我们的井水，你真的是太坏了。"

❶语言描写
表现出兔子自私、贪婪的特点，也表现出野兽们愤怒的心情。

他们用一条鞭子抽打兔子，兔子痛不欲生，求饶道："求求你们不要再打了，干脆杀了我吧……"

野兽们最终还是把他放了，从那以后，兔子总是躲在草丛里，不敢再接近野兽了。

精华赏析

这个故事主要讲了野兽们团结在一起挖井、护井的过程。野兽们团结一心共渡难关，还惩罚了狡猾的恶人；兔子聪明却孤木难支，险些丢了小命。故事告诉我们"团结力量大"的道理。

延伸思考

1. 野兽们为什么能够挖出水来？

2. 兔子为什么不愿意参与挖井计划？

3. 这个故事给人们什么启示？

违背诺言的后果

名师导读

　　一个寡妇无意间得到了一个女儿，她们一直过着平静而幸福的生活。可是突然有一天，女儿跳进了大海，寡妇永远失去了她。女儿为什么要跳进大海呢？

　　从前，有一个十分不幸的女人，她的丈夫去世了，又没有孩子，孤苦伶仃地生活着。她一直想有个孩子，甚至到了走火入魔的地步，看什么东西都觉得是一个小孩儿。[1]一天，她在地里挖木薯，有一个木薯的形状特别像一个婴儿，她怀抱着木薯，一个人喃喃自语道："你要是变成一个真正的小孩儿多好啊，我一定会特别疼爱你的。"

　　"那如果我做了错事，你会骂我吗？"木薯竟然开口说话了。

　　"不会，我一定不会这样做的，我向你保证！"寡妇喜出望外，激动地说。

❶动作描写
　　表现出女人想要孩子的强烈欲望。

于是，木薯真的变成了一个漂亮的小女孩，寡妇非常宠爱她。

①"这么漂亮的小女孩是谁送给你的啊？"她的邻居问道。

"她是我自己的孩子。"寡妇高兴地说道。

就这样，小女孩和寡妇一起生活，时间一天天过去，小女孩也长大了，寡妇安排她到集市或者水塘等地方做事，她自己则做面包然后去集市上卖钱，勉强支撑着两个人的生活。

一天，女孩不知是因为什么事耽搁了还未回到家，

②寡妇在家里大发雷霆，嘴里骂骂咧咧，还说要把女孩赶出家门。她说的话被门口篱笆上的小鸟听见了，它立刻向市场的方向飞去，打算告诉女孩。小鸟停在树上，等女孩走过来了，便歌唱道："你不要回家去，你的母亲在骂你，她还说要把你赶出家门呢。"

女孩听懂了小鸟的歌声，但她坚持要回家，小鸟一直在她身后叽叽喳喳地劝她，但她不肯停下来。回到家里，女孩问道：③"为什么？你为什么要骂我？"

"我没有骂你啊。"寡妇回答道。

"她撒谎，她骂你是烂木薯，还要把你赶出去。"小鸟又在外面唱着。

"不不不，这不是真的。"寡妇哭着对女孩说。

女孩已经心灰意冷，她不再相信寡妇了，她从家里

出来一直走呀走，寡妇跟在后面哭喊着，希望她回家，一直未回头的女孩走到大海边纵身一跃，瞬间就被海浪吞没了。

❶ 寡妇违背了自己的诺言，便永远失去了女儿。所以，对于承诺过的事，一定要努力做到。

❶总领全文
揭示了文章的主旨，具有画龙点睛的作用。

精华赏析

这是一个让人非常惋惜的故事，寡妇由于一时嘴快违背了自己的诺言，从而失去了一个漂亮的女儿。故事告诫人们：既然承诺了，就应该严格遵守。

延伸思考

1. 寡妇真的要赶走女儿吗？
2. 你喜欢故事中的小鸟吗？
3. 这个故事告诉我们什么道理？

相关链接

小鸟是整个事件的导火索，它夸大其词地将寡妇的自言自语传到女孩的耳朵里，导致寡妇痛失女儿。每个人的身边都会有小鸟这样爱嚼舌根的人，所以我们应该注意自己的言行，谨记祸从口出的教训。

蜗牛为什么住在乡村

名师导读

执政官向众人宣布，谁猜对他三个漂亮女儿的名字，就把女儿嫁给谁。维楚韦猜中了三个女儿的名字，但他是一个外貌十分丑陋的人，执政官会把三个女儿嫁给一个丑八怪吗？

很久很久以前，蜗牛的外貌和人类相似，他们也有身体、脸，也像人一样住在城镇里。

①蜗牛家族里有一个叫维楚韦的青年，因为相貌丑陋，没有一个姑娘愿意嫁给他，但他十分想要有一个家。正在这时，城市的执政官发布消息说："谁能猜中我女儿的名字，我将把女儿许配给他。"

执政官有三个女儿，都长得十分漂亮，她们分别叫阿福、沃沃、齐梅，但执政官从未对外公布过。全城的青年都蠢蠢欲动，他们都希望自己能猜中其中一个姑娘的名字，甚至还有人溜进了执政官的家中，但都是无功而返。

维楚韦也绞尽脑汁，他觉得这可能是他唯一的机

❶人物介绍⋯⋯⋯
交代了维楚韦的情况，为下文故事发展做铺垫。

会了，所以一定要把握住。上天对他还是比较公平的，虽然他长相丑陋，但脑瓜子特别聪明。

①维楚韦听说执政官和他的家人要去巡视庄园，于是他拦腰砍断了一棵树，挡住了去路，然后在路边躲了起来。果不其然，执政官家的马车过来了，看到地上躺着的大树，执政官呼叫大女儿的名字让她回家拿一把刀，大女儿阿福不愿意便叫二女儿去，谁知沃沃也不愿意跑这一趟，然后小妹齐梅也拒绝了。就这样，维楚韦将三姐妹的名字牢牢地记住了。

❶动作描写
维楚韦设计拦下执政官的马车，说明他是一个非常有计划的聪明人。

到了那天，所有人都聚集在广场上，执政官带着三个漂亮的女儿站在阳台上，他对大家说："有谁能猜中我女儿的名字吗？"

"我！我知道！"维楚韦激动地喊道。

②执政官看到维楚韦的长相，脸色一下变得很难看，声音低沉地说："你要是猜不中，我便杀了你。"

❷神态、语言描写
执政官担心青年猜中，威胁青年，内心希望青年不要猜中。

只见维楚韦掏出了一只小鼓，神情得意，边敲边跳舞，说出了执政官三个女儿的名字。

首先被吓到的是执政官，紧接着是广场的人群，他们震惊这三位漂亮姑娘竟然都要嫁给维楚韦这个丑八怪了。执政官没有办法反悔，因为他必须信守承诺。

"不可以！不可以！"广场上的人们激动地叫喊着。

大家堵住大门不让执政官的女儿们出来，还有一些人在嘲讽维楚韦，认为他配不上那三位姑娘，所有人都

❶解释说明·········

维楚韦认识到城市中的人们的肤浅，不愿与之为伍，说明他是一个清高的人。

强烈反对这门婚事。

① 伤心的维楚韦对城市里的人和事都失望透顶，他不想再继续住在城市了，便带着其他蜗牛去了乡村。

精华赏析

本文用一个有趣的故事向读者介绍了蜗牛生活在乡村的原因。故事的主人公维楚韦虽然外貌丑陋，但是他聪明善良。而那些生活在城市中的人，光鲜的外表下有一副丑陋的灵魂。这个故事批判了那些戴着有色眼镜的人的丑恶嘴脸。

延伸思考

1. 维楚韦是怎么猜中三个姑娘的名字的？

2. 执政官是一个什么样的角色？

3. 城里的人们阻止婚事的行为，体现了他们什么样的心理？

相关链接

维楚韦虽然长得丑陋，但是他始终都对娶妻抱有希望，可是经过人们这么一闹，他对结婚成家完全绝望。这个故事在提醒我们，要尊重每一个不完美的生命，不要做自己觉得无关痛痒的事情去伤害别人。

老人的智慧

名师导读

老国王去世，新国王是一个残酷无情的家伙，他向国内的百姓提出一个个异想天开的命令。如果人们无法完成他的命令，就统统会被砍头。人们要如何完成那些看似不可能的命令呢？

图拉艾拉王国的国王去世后，他唯一的儿子姆布吉继承了王位。① 这位暴戾恣睢的新国王，脑袋里常会冒出一些天马行空的想法。许多大臣都劝这位新国王做仁君，可姆布吉只想肆意而为。

某一天晚上，姆布吉做了一个奇怪的梦。他梦到许多老人在他耳边絮絮叨叨，尽说些他不喜欢听的话，劝说他要当个好国王，不让他做这个，不让他做那个。姆布吉醒来后气坏了，觉得自己的梦和现实很像，那些老家伙整天烦他，还说很多让他讨厌的话。他认为那些老人一无是处，只会给他带来烦恼。于是，他决定对老人们下手。隔天的早上，姆布吉召集了都城中所有的年轻人，下令让他们回家杀光家里的老人。② 如果年轻人

❶铺垫

指出姆布吉内心的想法，为下文做铺垫。

❷叙述

让百姓亲人相残，表现了姆布吉残酷的本性。

215

们不肯杀掉家里的老人，姆布吉就会杀掉不听命令的年轻人。

姆布吉大声说："雨季开始的时候，满眼都是嫩绿的青草，不见一根变黄的枯草。我的王国要像雨季开始的时候那样，到处是生机勃勃的年轻面孔，没有一个颤颤巍巍的老头！"

①对比
对比其他年轻人，突出塔西的不同，引出下文。

① 年轻人们都着急了，他们当然不想对亲人动手，可他们也不敢违背国王的命令。所以，尽管悲痛欲绝，也回家动了手。只有一个年轻人例外，这个年轻人叫塔西。

塔西回家后就说自己的老父亲已经死了，但事实上他的父亲还活得好好的。他用布袋背着装死的老父亲，朝着城外的一个山洞跑去，路上有人问起，他就说是去埋葬老父亲的尸体。他将老父亲送到了隐蔽的山洞里生活，还每天给他送新鲜的食物。

没过几天，国王姆布吉就再次召集都城里的所有年轻人。等到这些年轻人都离开自己的家后，姆布吉下达了一条歹毒的命令，他让士兵在整个都城内挨家挨户地搜查，一旦发现还活着的老人，就立马杀掉。

读书笔记

当那些士兵在全城搜查的时候，国王姆布吉问年轻人们："所有的老人都死了吗？"

"是的。"年轻人们流着泪回答。

"很好，这个国家已经变成了我想要的样子。"国王姆布吉开心地点了点头。可他很快就冒出了一个有意思的想法，他给年轻人们安排了一个新任务。

"我有一匹金色的御马。我命令你们在三天之内，用最细的沙子给我做出一根马缰。否则，我就让人砍下你们的脑袋！"① 说完，姆布吉得意地走回了王宫。

❶神态描写⋯⋯⋯
得意的神态，表现了姆布吉对权力的享受。

年轻人们听到国王的命令后都惊呆了，相互看了看，大伙儿都傻眼了。他们聚在一起商量了半天，没有一个人能想出办法，都认为只有神仙才能将沙子编成马缰。塔西在人群中走来走去，他也很着急，他自己就会编马缰，可他从没有听说过沙子能用来编马缰。

这天晚上，塔西把晚饭带给藏在山洞里的老父亲。他等到老父亲吃完晚饭，才告诉他年轻的国王又想出了一个新主意折磨人，这次，他很可能会杀光所有的年轻人。

"哦，是什么样的任务？说出来听听，说不定我能想到办法。"老父亲显得很平静。

"他要我们用细沙给他的马做一条马缰。如果我们三天之内无法完成，他就要砍掉我们所有人的脑袋。我们怎么可能用沙子来编马缰呢？"

② "很简单……"老父亲居然有办法完成国王的任务，他如此这般地吩咐了一番，就让塔西回家了。

❷语言描写⋯⋯⋯
塔西的老父亲想出了什么办法呢？调动读者的好奇心。

三天很快就过去了，年轻人们来到王宫前的广场上，他们一个个眼神绝望，知道自己很可能活不成了。他们苦思了三天也没能想到用沙子编马缰的办法，现在只能等着国王的惩罚。

国王出现了，看了眼广场上绝望的年轻人们，他淡淡地说："看来你们没有编好我要的马缰。士兵们，给我砍掉他们的脑袋，全部砍掉……"

广场上响起一连串的惊恐叫声，尽管年轻人们已经想到了自己很可能活不成了。但当他们亲耳听到国王的命令时还是无法控制自己的恐惧。

就在士兵们的屠刀渐渐逼近时，塔西鼓足勇气走了出来，说：① "尊敬的国王陛下，您的命令是至高无上的。只要您一声令下，我们倾尽全力也要完成。您让我们杀死所有老人，我们不是也照办了吗？今天之所以没有准备好您要的马缰，是因为我们认为，只有最完美的东西才能配得上您。所以我们恳求您，将用沙子做成的旧马缰给我们看看，我们会以此为样板，做出世上独一无二的完美的马缰敬献给您。"

❶ 语言描写
敢于让国王为难，表现了塔西的勇气。

国王姆布吉听到塔西的话后愣住了，他当然没有什么用沙子做成的旧马缰。他沉默片刻，突然从王座上起身，挥了挥手，说："这个任务算你们过关了。"

所有年轻人都长吁一口气，纷纷上前来感谢塔西急中生智。

❷ 语言描写
又是一个让常人无能为力的命令。

可不等年轻人们笑出声来，国王又说了一条新的命令：② "你们要为我建造一座独一无二的宫殿。这座宫殿要悬浮于天地之间，不能碰到地面，也不能碰到天空。"

众人一片哗然，知道这又是一个只有神仙才能真正完成的任务！

等到夜晚降临后，塔西来到了城外的山洞里。意外的是，这一次老父亲还是轻松地想到了办法。

一星期过去了，年轻人们再次聚集在王宫前的广场上。和上次一样，年轻人们照样是一脸惶恐。当他们不知所措的时候，塔西走到了人群中间，将老父亲告诉他的办法说了出来。① 但为了不再次吸引国王的注意而导致杀身之祸，他请求这次让年轻人当中年纪最大的人当众回话。

❶叙述
塔西知道自己上次已经让国王记恨上了。

国王姆布吉出场后，开口问："你们建好我要的宫殿了吗？"

年轻人中最年长者走上前来回话说："我们随时可以开工。可我们担心选址不当，会让您住得不舒心。所以我们恳求您，在天地之间划出一块地基来，我们会在此之上建造一座悬浮于天地之间的宫殿。"

国王呆了呆，勃然大怒，又说出了一个新任务：
② "你们明天正午时刻全部到广场上来，如果你们站在阳光下，我就立马开始砍脑袋，如果你们站在阴影里，我也立马开始砍脑袋！"

❷语言描写
国王再次抛出难题，引发读者思考。

见到国王发火，年轻人们都害怕地低下了头。对于国王的新任务，他们更是无能为力。

当天晚上，塔西带上做好的饭菜，又去了城外的山洞。老父亲很快就给出了好办法。

第二天正午时分，国王来到王宫前的广场上，他看到了一幅古怪的场景：① 所有人头上都罩着一张渔网。渔网是用粗绳子编的，罩在头上以后，在众人身上留下斑驳的光影。

国王没有多想，说："你们站在了阴影里！来人啊，快砍掉他们的脑袋。"

一名年轻人回答："尊敬的国王陛下，请您仔细看看，我们没有站在阴影里。"他指着透过渔网倾泻在皮肤上的阳光，说："看，这是阳光！"

国王又说："那你们是站在了阳光下！我还是要砍掉你们的脑袋。"

另一名年轻人回答："不是的，尊敬的国王陛下，我们没有站在阳光下。"他指着皮肤上留下的渔网的阴影，说，"看，这是阴影！"

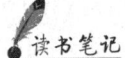
读书笔记

国王指着广场上的年轻人，气得说不出话来了。他不想就这么放过这些人，他得再想出一个好法子来。一名仆人在他耳边说了些什么，国王立马高兴起来，他对广场上的年轻人们大叫道："明天早上，你们全部到广场上来。所有人既不能骑着动物，也不能站着。如果你们做不到，就别想要自己的脑袋了！"

塔西照常去城外的山洞里找老父亲帮忙想办法。第二天，国王来到广场上时，又看到了一幅滑稽的场景：① 所有人都骑着一匹小马驹。小马驹还没有半人高，因此大家虽然骑在小马驹上，但脚都不得不撑在地上。

因为大家这副样子实在太怪异了，国王不禁大笑起来，说："你们完了，你们都骑着动物！"

广场上的年轻人们七嘴八舌，一名年轻人回答："不是的，尊敬的国王陛下，我们没有骑着动物，您看我们的脚落在地上，我们站着呢。"

国王又说："站着也要死！"

这次众人抢着回答："我们没有站着，您看我们的屁股坐在小马驹身上，我们骑着动物呢。"

见到国王要生气，仆人又帮国王想到了一个好主意。就听到国王说：② "明天早上，你们全部到广场上来。你们笑着来，脑袋不保；你们哭着来，脑袋不保；你们面无表情，还是脑袋不保！"

一天过去。国王姆布吉来到了广场上，他看到所有人都泪流不止，可同时又在开怀大笑，知道自己还是无法如愿砍掉这些人的脑袋。

国王怔在原地良久，突然想通了。他知道这群年轻人背后一定有一位老人在为他们出谋划策，便扬声说：③ "我想通了，以后不会再发布那些荒唐的命令了。现在，你们要告诉我，谁家藏了老人？你们不可能自己

❶场景描写
滑稽的场景，从侧面体现了国王的荒谬。

❷语言描写
国王荒谬的命令一个接着一个，可见他对百姓是多么无情。

❸语言描写
国王终于想到了关键点，认识到了老人的重要性。

想出这些办法，只有活得久见得多的老人才有这样的智慧……"

年轻人们并不相信国王姆布吉会改过自新，所有人都一言不发。

国王继续说："告诉我实情，我保证不会有任何惩罚。"广场上一片死寂，还是没有人站出来。

国王姆布吉突然扬手指天，说："我，图拉艾拉王国的国王姆布吉，我对天上的神灵发誓，如果你们当中有人藏了老人，可以告诉我，他和那位老人都不会遭受任何惩罚。现在我终于明白了：一个国王如果没有智慧的老人辅佐，就像只会到处摸索的盲人，终会自取灭亡。"

塔西鼓起勇气，走出来承认是自己藏起了老父亲。国王请他立刻将老父亲请回来。

国王在王宫内正式接见了塔西的老父亲，一番长谈过后，姆布吉被这位老人的智慧所折服。自此以后，非洲的国王在做决定之前，总要询问老人的意见。

① 讲述这个故事的马里作家阿玛杜·昂巴代·莫在联合国教科文组织任职时留下了这样一句被广为引用的话：

在非洲，每当一位老人去世，便是一座图书馆的消失。

❶ 引用
引用名人名言，言简意赅，增强了文章的表现力。

读书笔记

精华赏析

这篇故事以夸张的方式放大了残酷统治者的形象，刻画了姆布吉这样一位冷酷无情、暴戾恣睢的国王。作者借一个个难题衬托出了老人充满智慧的形象，增强了故事的趣味性，同时引发读者思考，让人印象深刻。

延伸思考

1. 姆布吉发布的第三个命令是什么？
2. 大家是怎么做到又哭又笑的？

相关链接

许多人将老人视为累赘，如故事中的国王一样，认为老人如同枯草。作者通过本故事让人们认识到了老人独有的长处，那就是老人一生积累的经验和智慧。

神奇的四兄弟

名师导读

　　心肠歹毒的祖母想要杀死兄弟四人，他们去地里摘甜瓜的时候，祖母在瓜田附近的灌木丛中放了一些毒蛇，想要毒死四兄弟。那么，祖母的奸计会得逞吗？

❶叙述

　　介绍兄弟四人悲惨的命运，为下文他们屡遭陷害做铺垫。

　　在很久以前，有四个亲兄弟出生在一个偏远的村子里。他们分别叫奥帕宁·安托托、沃吉沃吉、瓦塔瓦塔、尼扬萨尼扬萨。[①] 他们的母亲在他们很小的时候就去世了，所以由祖母来照顾他们。可是残忍的祖母并不喜欢他们，常常对他们又打又骂。兄弟四人常常默默流泪，他们想念自己的母亲，恨透了残忍的祖母。

　　当他们慢慢长大成人，祖母就让他们下田干活。他们种的甜瓜又大又甜，很快就可以收获了。可是狠心的祖母却在想办法陷害这四个孙子。祖母打算在四兄弟摘甜瓜的时候将一些毒蛇放到甜瓜地旁边的灌木丛里，这样毒蛇就能咬死毫不知情的兄弟们了。然而，四兄弟中的尼扬萨尼扬萨因为生下来身上就带着一块可以辟邪的石头，所以很快就提前知道了祖母的阴谋。

① 四兄弟去甜瓜地之前，在辟邪石的指引下，先去灌木丛中消灭了毒蛇，所以平安无事地回来了。祖母见自己的计划落空，又急又气，又开始谋划新的阴谋。可是，神奇的辟邪石总是能预知到危险，并且教会尼扬萨尼扬萨和兄弟们如何避开。

气急败坏的祖母最后想到了一个狠毒的办法，她直接来到城里，对国王撒谎：② "亲爱的陛下，我不得不说我自己的四个孙子即将危害到这个国家。他们每一个都非常狡猾和狠毒，对您是极大的威胁。所以请您马上下令杀死他们吧，要不然这个国家就要不得安宁了。"

国王一听对自己会有威胁，马上答应想办法对付四兄弟。

第二天一早，国王就下令让四兄弟赶来王宫，但是必须要经过一条刚刚挖好的路。这条路上铺满了锋利的铁片、荆棘、瓦砾和碎骨，而路两边早已埋伏好了国王的士兵，只要四兄弟一受伤，士兵们就会上前对付他们。

但是辟邪石提前将这个诡计告知了尼扬萨尼扬萨。

③ 国王要求四兄弟一定要沿着那条刚挖好的路赤着

❶解释说明

有了辟邪石的帮助，他们才能平安，突出了辟邪石的重要性。

❷语言描写

说明祖母为了杀死四兄弟不惜欺骗国王。

❸叙述

兄弟四人平安来到国王面前，证实了他们真的有神奇的本领。

脚跑来，但是当他们来到国王面前时平安无事，身上甚至一点伤痕都没有。国王看着眼前的四兄弟，感到十分震惊，他心想这四兄弟看来真的有神奇的本领，能威胁到他，所以要尽快除掉他们。

国王对尼扬萨尼扬萨和他的兄弟们说道："你们果然是勇士，我叫你们来是想请你们帮忙的。我需要你们去大魔王奥克拉别多姆那里，将那个象征着权力和财富的棕榈树枝带回来给我，你们可以做到吗？"

"陛下请放心，明天我们就会把魔王的棕榈树枝带来献给您。"尼扬萨尼扬萨信心满满地回答道。

①尼萨扬尼扬萨一回到家里，就对自己的兄弟们说："这次去大魔王那里，一定很多凶险，所以你们留在家里，我去拿棕榈树枝。"

就在这时，尼扬萨尼扬萨的辟邪石说话了："你只要一离开，国王就会派人除掉你的兄弟，并且埋掉。但是，不用担心，我会帮你救活他们。而且，你从魔王那里回来时，国王也会想办法下毒害你，你不用害怕，只要拍一下我就可以了，我会帮助你。"

②尼扬萨尼扬萨于是拍了拍辟邪石，只见一条大狗突然出现在他面前。

辟邪石说道："等到你拿了棕榈树枝回来，就会有人让你先洗个澡，然后准备吃饭。但是饭里的肉有毒，这条大狗到时候就会出现把毒肉叼走，并且跑到一块坟地。你的兄弟就埋在坟地里，你只要跟着来到坟地，把我拍三下，你的三个兄弟就会平安无事地从坟地里走出来跟你会面。"

尼扬萨尼扬萨听了辟邪石的话，信心满满地上路了。

走了一段路，尼扬萨尼扬萨遇到了一个铁匠，铁匠问他要去哪里。

"我要去找奥克拉别多姆，从他那里拿到棕榈树枝献给国王。"

①"朋友，我看你是不想活了吧，不知道多少人有去无回。要是你能活着从那里回来，我就当着你的面，用大锤把我的头砸碎！"

尼扬萨尼扬萨没理会他，接着往前走，很快他又遇到一个拿着刀割草的人。

割草的人问道："你看上去是个勇士，请问你要去哪里？"

"我要去大魔王奥克拉别多姆那里，取回棕榈树枝。"

②"好吧，我看你是光有勇气啊，你去了一定会没命的。要是你能活着回来，我就把自己的双腿送给你。"

尼扬萨尼扬萨随后又来到了一块庄稼地，看到一个农夫在耕地。

③农夫问道："这位好汉，我看你急匆匆的，是要去哪里呢？"

①语言描写
突出了尼扬萨尼扬萨此行之凶险，为冒险增添了神秘色彩。

②语言描写
割草的人敢用自己的身体打赌，再一次证实了大魔王的厉害。

③语言描写
尼扬萨尼扬萨急匆匆赶路，说明他时刻记挂兄弟们的安危。

"我要找到魔王奥克拉别多姆，拿回棕榈树枝，献给国王。"

农夫听了，颤抖着声音说："我看你不知道大魔王奥克拉别多姆的厉害，等你见到他，恐怕想跑都跑不掉了。希望你家里还有多的兄弟姐妹，能替你继续照顾家中的父母。要是你活着回来了，我就把我的命给你。"

尼扬萨尼扬萨又走了一段路，遇到了一个猎人。

猎人询问道："我的兄弟，看你的样子要去很远的地方，似乎要做一件很了不起的事，可以告诉我吗？"

尼扬萨尼扬萨说道："我要去大魔王奥克拉别多姆那里，为国王拿回棕榈树枝。"

①猎人一听，十分惊讶，说道："我劝你还是多活一些时日吧，何必自寻死路呢？"

尼扬萨尼扬萨自信满满地说道："我就是要拿回棕榈树枝，并且让世人看看这大魔王是怎么败给我的。"

"是吗？如果你能活着回来，就用我手中的猎枪朝我额头开几枪吧。"

尼扬萨尼扬萨告别了猎人，走了很长一段路，终于看到了棕榈树。②这棵棕榈树生长在一个极高的悬崖边，旁边就是陡峭的悬崖，深不见底。而悬崖底下是无数个被奥克拉别多姆残害的人，他们都是来取棕榈树枝的，可是都没能成功。

❶语言描写

不管多少人说凶险，尼扬萨尼扬萨都不会放弃，因为他的兄弟们都在等他救命。

❷环境描写

险峻的悬崖，死去的人，烘托出阴森恐怖的氛围，暗示危险正在逼近。

228

此时，奥克拉别多姆出现在了尼扬萨尼扬萨的面前，说道："又来了一个不要命的家伙，快走近些让我看看长什么样子。"

尼扬萨尼扬萨回应道："我看是你的狂妄自大蒙蔽了你的双眼，所以你看不清。我就是那个来将你送进坟墓的人。"

① 奥克拉别多姆被激怒了，向尼扬萨尼扬萨扑了过来。尼扬萨尼扬萨很灵活地避开了咆哮着的大魔王，让大魔王扑了几次空。此时，尼扬萨尼扬萨变成了一阵轻烟，慢慢飘到棕榈树的顶上，折下了一根棕榈树枝，插在辟邪石上面。气急败坏的大魔王看着尼扬萨尼扬萨摘到了棕榈树枝，咬牙切齿地盯着尼扬萨尼扬萨。他站到了悬崖边上，只要尼扬萨尼扬萨一下来，他就抓住他，将他扔进深渊。

② "喂，我要下来了，大魔王，你来抓我呀！"

尼扬萨尼扬萨假装要往下跳，但是却拿起那根棕榈树枝向他打去。大魔王被尼扬萨尼扬萨的假动作骗了，急忙扑上去，等意识到自己上当了的时候，尼扬萨尼扬萨从天而降，一脚踢向了大魔王的头，大魔王跌跌撞撞地掉下万丈深渊。

此时，辟邪石对尼扬萨尼扬萨说道："你现在拍我三下，我会让曾经被奥克拉别多姆残害的人从深渊中复活过来。"

❶ 动作描写

尼扬萨尼扬萨能避开大魔王的攻击，表现出他的无比英勇。

❷ 语言、动作描写

尼扬萨尼扬萨用假动作引大魔王上当，说明他是一个有勇有谋的人。

❶动作描写············

尼扬萨尼扬萨救活了被大魔王杀死的人，表现出他善良的一面。

❷解释说明············

尼扬萨尼扬萨时刻惦记他的兄弟，说明他们兄弟情深。

❸动作描写············

"很快"表现出尼扬萨尼扬萨想快点见到兄弟们的心情。

① 于是尼扬萨尼扬萨轻拍了辟邪石三下，那些死去的人奇迹般地活了过来，纷纷爬出了深渊。他们有的是国王，有的是贵族和将士。所有活过来的人都很感谢尼扬萨尼扬萨，他们打算建一座城堡，让尼扬萨尼扬萨当他们的国王。

"我并不想当国王，我只是希望大家都能活过来，回到自己的国家去，回到自己的亲人、朋友身边去。回去吧，你们有属于自己的生活。"

这些人听了尼扬萨尼扬萨的话，高兴极了，但是许多人平静下来之后，发现已经不记得自己来自哪里，甚至不记得自己还有没有亲人活在世上，所以他们干脆就在悬崖边的空地上建立了村庄，决定在此定居下来。

② 而尼扬萨尼扬萨则带着棕榈树枝开始返回，因为他知道他的兄弟们还在等他。

就这样，尼扬萨尼扬萨带着神奇的棕榈树枝原路返回，路上又遇到了猎人、农夫、割草的人和铁匠，他们都不敢相信眼前的尼扬萨尼扬萨竟然真的除掉了大魔王，取回了棕榈树枝。尽管他们只是听说过珍贵的棕榈树枝，但谁都没真的见过。要知道，不知道多少人想要得到它，可是都没能成功。

③ 尼扬萨尼扬萨很快回到了王宫，将这世间最宝贵的棕榈树枝献给了国王。国王高兴极了，命令全城为尼扬萨尼扬萨庆祝。

可是尼扬萨尼扬萨心里只想着自己的几个哥哥，于是向周围人打听，但是谁也不知道。当他回到家，人们就为他端来了热水，让他洗澡，但尼扬萨尼扬萨说自己想先吃饭。饭菜的篮子一揭开，一条大狗就叼走了里面的肉，尼扬萨尼扬萨立即跟着狗追。追着追着，就来到了一片坟地。尼扬萨尼扬萨拍了拍辟邪石，嘴里念道："安托托，沃吉沃吉，瓦塔瓦塔，我的兄弟们，我已经回来了，你们快来与我相会吧。"

① 突然，坟地裂开，他的三个兄弟一个个从坟地里走了出来，毫发无损。

① 动作描写
三兄弟死而复生是一件神奇的事，会让国王疑心更重。

当他们回家准备吃饭时，辟邪石又告诉尼扬萨尼扬萨把一种草拌到饭菜里，就算有剧毒，吃了也会没事。于是，尼扬萨尼扬萨就按辟邪石说的做了。

国王被这几个兄弟彻底弄晕了，不管使什么诡计，他们都能完好无损地回来。吃了放了剧毒的饭菜，也没有任何影响。他开始担心，自己会不会真的被这四兄弟威胁，于是他召见了尼扬萨尼扬萨。

② 国王说道："不瞒你说，让你去找棕榈树枝，是为了害你。你兄弟的遭遇也是我指使人干的，请你原谅我的过错吧，我在这里致上我的歉意。但是请你将你的智慧，分一点给我吧，让我以后不要再犯这样的错误。"

② 语言描写
说明了国王是一个无耻贪婪的人。

"好的，我会帮你的。"尼扬萨尼扬萨回答道。

但是到了晚上，各个部落的首领来劝国王："这个人一定要除掉，不然我们国家会有灾难。"

国王一下子就忘记了自己刚刚跟尼扬萨尼扬萨的承诺，当晚就派了十五个人去放火烧掉了四兄弟住的房子。幸好辟邪石将四兄弟变成了轻烟，逃到了别的地方。

等到第二天早上，尼扬萨尼扬萨去见国王，并向国王说道：① "亲爱的陛下，我想请教你一下，那些说话不算话的还是正人君子吗？那些当面承诺，背后却暗下杀手的难道不是卑鄙小人吗？陛下，你是什么样的人，就有什么样的头脑。"

❶语言描写 ⋯⋯
尼扬萨尼扬萨语气逼人，体现出他的勇敢。

国王当然知道尼扬萨尼扬萨话里的含义，恼羞成怒地下令将他关进了监狱。其实国王十分害怕，只能威胁他说："交出你的智慧，不然会有几十个弓箭手取走你的性命。"

"陛下，我并不怕死。但是我死前能帮助你变得聪明，那我就算做了点儿好事了。只要你下令，今晚七点到明晚六点之间，谁也不能进入王宫，我就可以帮助你。"尼扬萨尼扬萨说道。

国王立刻答应了尼扬萨尼扬萨，并且马上按他说的传令下去。

等到天黑下来，尼扬萨尼扬萨和国王来到了附近的铁铺，此时尼扬萨尼扬萨的其他兄弟已经躲在附近了。

①尼扬萨尼扬萨说道："陛下，我开始生火，请您系上围裙，把火扇旺。"国王照着做了。

尼扬萨尼扬萨把铁锤放进了炉子，熔成了铁水，端到国王的面前说：

"我将要为这杯水施展魔法，只要你喝掉它就会变成一个充满智慧的人。"

说完便假装给铁水施法，递给了国王。

国王看着红彤彤的铁水有点害怕，但是为了能够变得聪明，他义无反顾地喝下了铁水。铁水不仅毁掉了他的声音，还毁掉了他的容貌。

兄弟四人连夜逃走了。

他们逃到一条河边，尼扬萨尼扬萨停了下来，说道："哥哥们，你们会游泳，先游过去等我。②而我不会游泳，我会变成一颗石头，只要有人看见了，就会把我向你们扔去。这样我就再次变成人，跟你们一起回家。"

兄弟几人有些不放心尼扬萨尼扬萨，争执了一下，最后还是决定按尼扬萨尼扬萨的办法来。

终于天亮了，人们到处寻找国王都没找到。铁匠来到铁铺，发现一个容貌尽毁的人晕倒在地上，赶紧向首领汇报。首领看了那人的衣着打扮，认出了这个容貌丑陋的人就是国王。

国王的士兵们一听说这件事情，心中满是怒火，

❶语言描写··········

国王为了变得聪明，愿意听尼扬萨尼扬萨的安排做粗活，说明他是一个厚颜无耻的人。

❷语言描写··········

尼扬萨尼扬萨很快想出了过河的办法，体现了他的机智，为下文做铺垫。

全体出动去追四兄弟。他们追到了河边，看见安托托、沃吉沃吉、瓦塔瓦塔就站在河对岸。河水十分湍急，士兵们过不去。一个士兵捡起地上的一块石头，用力朝河对岸扔去。那块石头一落到对岸，就变成了尼扬萨尼扬萨。首领见状，命令士兵马上游过去抓住四兄弟。① 但是水流实在是太急了，下水的士兵全部被河水冲走了。

兄弟四人继续前进，很快他们就筋疲力尽，准备休息一下。安托托看见了不远处有烟，就前去借火，走近才发现是黑豹的家。安托托看到黑豹和他老婆以及四个孩子，本来打算逃走，但是已经来不及了。黑豹抓住了安托托，并将他绑住了。

沃吉沃吉等了好久都不见安托托回来，就决定出去找找。当他见到安托托时，黑豹出现，将他也抓住了。瓦塔瓦塔担心自己的两个兄弟，也出来寻找，但是很不幸，也被黑豹抓住了。就这样三个兄弟被绑在了一起。

② 尼扬萨尼扬萨也找了过来，当他看到黑豹时，一点儿也不害怕，说道："如果你不放了我的三个兄弟，将有灾难降临到你身上。"

"哈哈，真是好笑的家伙，你有什么本事就拿出来吧。"黑豹毫不理会地大笑起来。

黑豹向尼扬萨尼扬萨扑了过去，但尼扬萨尼扬萨轻

❶ 解释说明

保家卫国的士兵被冲走了，本领还不如三兄弟，讽刺士兵们的无能。

❷ 心理描写

尼扬萨尼扬萨不怕黑豹，一方面说明他很勇敢，另一方面说明他有把握对付黑豹。

松闪过，并且朝黑豹的头狠狠打了一下。黑豹被震慑到了，连忙说："好吧，我现在知道你的厉害了，你快给你兄弟松绑，带他们走吧。"

①"哪有那么好的事？我的兄弟跟你无冤无仇，你却要害他们，现在你要用你老婆和孩子的命来赔偿。"尼扬萨尼扬萨说道。

黑豹听了，连忙向尼扬萨尼扬萨哀求。

"你之所以觉得自己很强大，是因为你总是欺负弱小，你敢不敢证明一下自己的力量？"尼扬萨尼扬萨说完，拍了拍辟邪石，将眼前的棕榈变成了一株植物，并且将它拔出种到了土里。

②"我把这株植物种到了土里，你要是能拔出来，我就算你是个好汉。你要是拔不出来，那以后就没有资格到处炫耀自己的力量了。"

尼扬萨尼扬萨说完，就让黑豹来拔。

黑豹一看，只是一株很小的植物，就说道："这棵植物，我轻轻一拔就出来了。"于是上前去拔，可是不管怎么用力，植物还是纹丝不动。拔了很久，黑豹实在是累了，向尼扬萨尼扬萨说道："安托托、沃吉沃吉、瓦塔瓦塔和尼扬萨尼扬萨，都是英雄，大家都不是他们的对手。"

也是从这一天起，黑豹一直重复着这句话，一直吼叫着。

❶语言描写
尼扬萨尼扬萨不肯轻易放过黑豹，说明他非常在乎三个兄弟的安全。

❷语言描写
尼扬萨尼扬萨心思细致，教导黑豹不要恃强凌弱。

❶环境描写

无论环境多么艰难，四兄弟始终不离不弃，体现了兄弟情深。

❷语言描写

四样东西经人们研究，成了制作美味食物的工具。

❸解释说明

交代了四兄弟的归宿，他们经过不平凡的遭遇，终于回归平静的生活。

尼扬萨尼扬萨将自己的兄弟们解救了出来，继续往前赶路。① 他们越走越艰难，周围是一望无际的沙漠，他们又热又渴，连一个休息的地方都没有。

尼扬萨尼扬萨对他三个哥哥说道："哥哥们，我们已经无路可走了，没有人知道我们在这里。我们不如变成缸子、勺子、辣椒和盐吧，这样一来，有一天人们找到我们，觉得我们是有用的，就会把我们带走，我们又可以重新回到人群中生活了。"于是，四兄弟就分别变成了缸子、勺子、辣椒和盐。

当时的人们还不知道这四样东西是什么。

终于有一天，人们路过这片沙漠，看到了他们，就随手捡了起来，将他们带到了王宫，献给了王后。② 其中有个人对王后说："只要把盐和辣椒放在缸子里捣碎，再把食物放进去，用勺子拌匀，食物会非常美味。"于是王后就命人这样来处理食物，当她吃到拌好的食物时，忍不住叫了出来："实在太美味了！"

③ 于是，从那以后，神奇的四兄弟就变成了神奇的四件宝贝，再也没有分开过，因为人们离不开他们。

精华赏析

　　这个故事讲述了身世凄凉的四兄弟几经磨难后，变成人们离不开的制作美食的工具的经过。尼扬萨尼扬萨不管是在危难面前还是在诱惑面前都坚定不移，一心只想着他的几个哥哥，体现出他们手足情深。

延伸思考

1.祖母告诉国王的谎言是怎么成真的？

2.尼扬萨尼扬萨在去找大魔王的路上，为何总是行色匆匆？

3.尼扬萨尼扬萨的哪些品质值得我们学习？

相关链接

　　这个故事告诉我们，生活中虽然会有种种不如意和挫折，但应当像主人公那样保持斗志，在勇敢抗争中追求向往的生活。

读者感悟

当我合上《非洲民间故事》这本书后，我的心还没有办法完全从中抽离，因为里面的故事给我的感触太深了，它展现了非洲各族人民的生活风貌，刻画了性格各异的人物和动物，让我在享受阅读乐趣的同时懂得了许多道理。

书中的小动物聪明伶俐，而那些看上去十分凶猛的动物却有勇无谋，常常被小动物戏弄。比如机智聪明的兔子，既能谋取狮子的皮毛，又能在大蟒嘴下救出猴子；既能报复贪心的鬣狗，又能借鹿角去喝酒。这些故事既讽刺了那些霸道、贪婪的人，又告诉我们做人不可以太贪心，智谋比蛮力更有用。

书中塑造了很多贪婪、狡诈的小人，他们最后都没有好下场。比如吝啬的财主人财两空；两个骗子朋友都被毒蛇咬死；刁蛮的丈母娘累死了；懒惰的青年全都被狮子吃掉了。他们种恶因得恶果，也借此表达了坏人应该被惩罚的愿望。

书中还歌颂了人性的真善美。比如懒姑娘从懒惰变勤劳，歌颂了勤劳和知错能改的精神；神奇的四兄弟始终团结一致，歌颂了兄弟情深。

《非洲民间故事》有太多的故事值得我细细说道，如果有人愿意听，我可以说上一整天。总而言之，从故事中我领悟到人应该客观地认识自己，"害人之心不可有，防人之心不可无"，不能为了蝇头小利而因小失大。

阅读拓展

唱歌、跳舞、听故事这类活动在非洲各族人民的文化生活中是占重要地位的。我们甚至无法找到一个没有自己的优美的民间故事的非洲民族。对非洲人来说，讲故事并不是一种普普通通的娱乐活动，而是一种严肃的教育。听众对讲故事的人所讲的每一个故事，都要持敬畏的态度。有时，讲故事的人一边讲，听众一边参加进去。南非的拉姆巴人至今还保留着这种叫"乌鲁希"的故事形式：一人领讲，掺杂一些歌谣，所有的听众伴以合唱。西非的爱维人也用这样的方式讲故事。爱维人作曲家西涅加·加德则克普说："我们在工作或娱乐的时候，唱我们的民间歌曲，我们用歌声来哀悼朋友，用歌唱来表达自己的欢乐。当我们听着很长的故事的时候，我们的歌唱使故事变得生动活泼。"

真题演练

一、填空题

1.《红树枝和绿树枝》一文中，红树枝的作用是 ＿＿＿＿＿＿＿＿，绿树枝的作用是 ＿＿＿＿＿＿＿＿。

2.《埋藏在地里的金子》一文中，只有 ＿＿＿＿＿＿＿＿ 领悟了金子的真正含义。

3.《狡猾的豺狼》一文中，豺狼给狮子吃了 ＿＿＿＿＿＿＿＿＿＿。

二、选择题

1.《骗子遇见骗子》一文中，两个骗子最后（　　）。

　　A. 一个死了，一个很有钱　　B. 都中毒而亡　　C. 都饿死了

2.《懒姑娘的蜕变》一文中，多格别学做的传统食物阿卡萨的原料是（　　）。

　　A. 面粉　　B. 大麦　　C. 玉米

3.《神奇的四兄弟》一文中，四兄弟最后变成（　　）。

　　A. 缸子、盘子、辣椒和盐

　　B. 缸子、勺子、辣椒和盐

　　C. 盘子、勺子、辣椒和糖

三、判断题

1.《不许带一粒微尘》一文中，埃塞俄比亚的皇帝不允许欧洲学者带走他们的考察结果。（　　）

2.《让人变疯的雨水》一文中，国王知道雨水会使人变成疯子，所以他提前做了安排，但最终他还是不得不让自己成为疯子中的一员。（　　）

3.《吝啬鬼和穷人》一文中，财主因为穷人的帮助，变得更富有了。（　　）

4.《性急的狗》一文中，狗学会了猫的所有技能。（　　）

5.《酋长最心爱的女儿》一文中的库库玛季甫是半人半兽的野兽，全身没毛，长得非常高大，最喜欢生吞姑娘。他经常在河边等着姑娘们来洗澡，趁机一口活吞下去。（　　）

6.《兄弟俩喝水》一文中，哥哥最后独自离家了。（　　）

答案

一、填空题

1.把人变成动物　让那人恢复原貌　2.大儿子　3.一块烧得火红、抹上肥油的石头

二、选择题

1.B　　2.C　　3.B

三、判断题

1.×　　2.√　　3.×　　4.×　　5.√　　6.√

爱阅读课程化丛书／快乐读书吧

外国经典文学馆

序号	作品	序号	作品	序号	作品
1	七色花	31	格列佛游记	61	好兵帅克历险记
2	愿望的实现	32	我是猫	62	吹牛大王历险记
3	格林童话	33	父与子	63	哈克贝利·费恩历险记
4	安徒生童话	34	地球的故事	64	苦儿流浪记
5	伊索寓言	35	森林报	65	青 鸟
6	克雷洛夫寓言	36	骑鹅旅行记	66	柳林风声
7	拉封丹寓言	37	老人与海	67	百万英镑
8	十万个为什么（伊林版）	38	八十天环游地球	68	马克·吐温短篇小说选
9	希腊神话	39	西顿动物故事集	69	欧·亨利短篇小说选
10	世界经典神话与传说	40	假如给我三天光明	70	莫泊桑短篇小说选
11	非洲民间故事	41	在人间	71	培根随笔
12	欧洲民间故事	42	我的大学	72	唐·吉诃德
13	一千零一夜	43	草原上的小木屋	73	哈姆莱特
14	列那狐的故事	44	福尔摩斯探案集	74	双城记
15	爱的教育	45	绿山墙的安妮	75	大卫·科波菲尔
16	童 年	46	格兰特船长的儿女	76	母 亲
17	汤姆·索亚历险记	47	汤姆叔叔的小屋	77	茶花女
18	鲁滨逊漂流记	48	少年维特之烦恼	78	雾都孤儿
19	尼尔斯骑鹅旅行记	49	小王子	79	世界上下五千年
20	爱丽丝漫游奇境记	50	小鹿斑比	80	神秘岛
21	海底两万里	51	彼得·潘	81	金银岛
22	猎人笔记	52	最后一课	82	野性的呼唤
23	昆虫记	53	365夜故事	83	狼孩传奇
24	寂静的春天	54	天方夜谭	84	人类群星闪耀时
25	钢铁是怎样炼成的	55	绿野仙踪	85	动物素描
26	名人传	56	王尔德童话	86	人类的故事
27	简·爱	57	捣蛋鬼日记	87	新月集
28	契诃夫短篇小说选	58	巨人的花园	88	飞鸟集
29	居里夫人传	59	木偶奇遇记	89	海的女儿
30	泰戈尔诗选	60	王子与贫儿		陆续出版中……

中国古典文学馆

序号	作品	序号	作品	序号	作品
1	红楼梦	12	镜花缘	23	中华上下五千年
2	水浒传	13	儒林外史	24	二十四节气故事
3	三国演义	14	世说新语	25	中国历史人物故事
4	西游记	15	聊斋志异	26	苏东坡传
5	中国古代寓言故事	16	唐诗三百首	27	史 记
6	中国古代神话故事	17	小学生必背古诗词70+80首	28	中国通史

7	中国民间故事	18	初中生必背古诗文	29	资治通鉴
8	中国民俗故事	19	论 语	30	孙子兵法
9	中国历史故事	20	庄 子	31	三十六计
10	中国传统节日故事	21	孟 子	**陆续出版中……**	
11	山海经	22	成语故事		

中国现当代文学馆					
序号	作品	序号	作品	序号	作品
1	一只想飞的猫	36	高士其童话故事精选	71	大奖章
2	小狗的小房子	37	雷锋的故事	72	半半的半个童话
3	"歪脑袋"木头桩	38	中外名人故事	73	会走路的大树
4	神笔马良	39	科学家的故事	74	秃秃大王
5	小鲤鱼跳龙门	40	数学家的故事	75	罗文应的故事
6	稻草人	41	从文自传	76	小溪流的歌
7	中国的十万个为什么	42	小贝流浪记	77	南南和胡子伯伯
8	人类起源的演化过程	43	谈美书简	78	寒假的一天
9	看看我们的地球	44	女 神	79	古代英雄的石像
10	灰尘的旅行	45	陶奇的暑期日记	80	东郭先生和狼
11	小英雄雨来	46	长 河	81	红鬼脸壳
12	朝花夕拾	47	丁丁的一次奇怪旅行	82	赤色小子
13	骆驼祥子	48	小仆人	83	阿 Q 正传
14	湘行散记	49	旅 伴	84	故 乡
15	给青年的十二封信	50	王子和渔夫的故事	85	孔乙己
16	艾青诗选集	51	新同学	86	故事新编
17	狐狸打猎人	52	野葡萄	87	狂人日记
18	大林和小林	53	会唱歌的画像	88	彷 徨
19	宝葫芦的秘密	54	鸟孩儿	89	野 草
20	朝花夕拾·呐喊	55	云中奇梦	90	祝 福
21	小布头奇遇记	56	中华名言警句	91	北京的春节
22	"下次开船"港	57	中国古今寓言	92	济南的冬天
23	呼兰河传	58	雷锋日记	93	草 原
24	子 夜	59	革命烈士诗抄	94	母 鸡
25	茶 馆	60	小坡的生日	95	猫
26	城南旧事	61	汉字故事	96	匆 匆
27	鲁迅杂文集	62	中华智慧故事	97	落花生
28	边 城	63	严文井童话故事精选	98	少年中国说
29	小桔灯	64	仰望第一面五星红旗升起	99	可爱的中国
30	寄小读者	65	徐志摩诗歌	100	经典常谈
31	繁星·春水	66	徐志摩散文集	101	谁是最可爱的人
32	爷爷的爷爷哪里来	67	四世同堂	102	祖父的园子
33	细菌世界历险记	68	怪老头	**陆续出版中……**	
34	荷塘月色	69	从百草园到三味书屋		
35	中国兔子德国草	70	背 影		